मृत्यु कलिका

(सॉनेट संग्रह)

मृत्यु कलिका
(सॉनेट संग्रह)

अनिमा दास

प्रलेक प्रकाशन

प्रलेक प्रकाशन

PRALEK PRAKASHAN

(An imprint of 'Pralek Publishing House Pvt. Ltd.')

मुख्य कार्यालय : 702, जे-50, ग्लोबल सिटी, विरार (वेस्ट), मुम्बई, महाराष्ट्र-401303

दिल्ली एनसीआर ऑफिस पता : 03/सी, ज्ञानखण्ड-4 इंदिरापुरम, गाजियाबाद, उ.प्र.-201014

E-mail: pralek.prakashan@gmail.com

Website: www.pralekprakashan.com

दूरभाष : +91 7021263557

मृत्यु कलिका

लेखक : अनिमा दास

Mrityu Kalika

Author : Anima Das

ISBN : 9789358692976

प्रथम पेपरबैक संस्करण : 2024

मूल्य : ₹ 225/- (PB)

कॉपीराइट : लेखक

टाईपसेटिंग : जी. आर. एस. ग्राफिक्स

मुद्रक : रेप्रो इंडिया लिमिटेड

आवरण : प्रलेक स्टूडियो

नोट : प्रलेक प्रकाशन का लोगो मिक्की पटेल की तूलिका से।

समर्पण

मेरी काव्य यात्रा में मुझे सदैव प्रोत्साहित करते मेरे पुत्र द्वय आशीर्वाद एवं शुभ्रांशु के कोमल हस्त में 'मृत्यु कलिका' समर्पित करती हूँ।

कवयित्री की तूलिका से....

समय की सीमा दीर्घ नहीं होती.. किंतु उसी अंतराल में यदि व्यक्ति स्वयं को सुदृढ़ बनाते हुए समस्त परिस्थितियों के समक्ष अविचल रहता है तो जीवन क्लेशरहित तो नहीं होता किंतु सहज हो जाता है । प्रकृति भी यही शिक्षा देती है। कथित पुस्तक 'मृत्यु कलिका' मेरा तृतीय सॉनेट संकलन है जिसमें 90 सॉनेटस हैं। इस पुस्तक में तीन भाग हैं.. प्रथम भाग है प्रेम पर्व, द्वितीय भाग है पीड़ा पर्व एवं तृतीय भाग है मृत्यु कलिका।

प्रेम पर्व के 40 सॉनेटस प्रेम के कई रंगों से अंकित हुए हैं, प्रेम के भिन्न भिन्न मनोभावों से कल्पित हैं। प्रेम में विरह का स्थान भी अनन्य है, पीड़ा भी सौंदर्य से परिपूर्ण हो जाती हैं.. क्योंकि प्रेम का आवरण, रूप परिवर्तन तो करता है किंतु भावनाएँ जो परम विह्वलता में थीं.. वही भावनाएँ सुखद क्षणों की अश्रु में रूपांतरित होकर चिबुक पर उष्म स्पर्श देते हुए हृदय पर्यंत पहुँच जातीं हैं। अतः पीड़ा का एक अद्भुत पर्व समस्त ऋतुओं को एकत्रित कर प्रबल भावावेग में अतिवाहित होता है। द्वितीय भाग में पीड़ा पर्व के 20 सॉनेट्स समस्त पीड़ाओं का उल्लसित क्षण है। इस पीड़ा का अंत पीड़ा से न होकर शाश्वत भाव से प्रतिलंबित होता रहता है। मृत्यु एक अंत नहीं.. जीवन का प्रवाह है.. प्राचीन से अर्वाचीन पर्यंत की यात्रा है। तथापि शोक सिक्त कई शरीर प्राणपुष्प की लोभनीय मधुरिमा से विमोहित होकर यात्री की यात्रा को वाधित करते हैं। पीड़ा उत्सव की संपूर्णता है मृत्यु उत्सव। कथित पुस्तक के तृतीय भाग में मृत्यु एक कलिका के रूप में सम्पूर्ण यात्रा को पल्लवित कर रही है। यह वह कलिका है... जब वह विकसित होती है तो समस्त स्मृतियों की सुगंध महाशून्य में स्तीर्ण हो जाती है... यह एक संपूर्ण विराम का अस्तित्व है। यह वह क्षण है जो केवल यात्रा मार्ग को सुगंधित एवं प्रफुल्लित रखता है। मृत्यु कलिका के 30 सॉनेट्स.. कलिका के पूर्ण

अंकुरण की प्रतीक्षा में रचित हुए हैं.. जो मृत्यु के गमथ को पुष्पित करते हैं। महार्णव पर विस्तृत महाकाश में महायात्रा की सहचरी मृत्यु की स्मिता वास्तव में अत्यंत मनमोहक है।

आशा एवं प्रतीक्षा है कि मृत्यु कलिका पाठकों के मन उद्यान में प्रस्फुटित होकर एक सम्पूर्ण पुष्प में परिवर्तित होगी।

इस संग्रह को प्रस्तुत करने एवं सदा मेरे काव्य-पथ को उज्ज्वल रखने हेतु, मैं मेरे मार्गदर्शक तथा सॉनेटियर श्री विनीत मोहन औदिच्य जी को हृदयस्थल से कृतज्ञता अर्पित करती हूँ। इस संग्रह की यात्रा में सहयोग करने हेतु मेरे मित्र तथा छायावादी कवयित्री लिली मित्रा जी एवं प्रसिद्ध उपन्यासकार श्री प्रताप नारायण जी की हृदयतल से आभारी हूँ।

अंत में मुझे प्रलेक प्रकाशन से परिचित कराने एवं इस संग्रह को प्रकाशित करने में सहयोग करने हेतु विश्वप्रसिद्ध कथाकार, कहानीकार, कवि, लेखक तथा कथा यू.के के संस्थापक एवं पुरवाई के संपादक श्री तेजेंद्र शर्मा जी को हृदयतल से कृतज्ञता अर्पित करती हूँ। इस संग्रह को प्रकाशित करने का अनुमोदन देने हेतु प्रकाशक श्री जितेंद्र पात्रो जी की सदैव आभारी रहूँगी।

अनिमा दास
सॉनेटियर
कटक, ओड़िशा

मृत्यु कलिका के लिए...

अनिमा दास जी का नवीनतम सॉनेट संग्रह 'मृत्यु कलिका' कई अद्‌भुत भावों एवं सौंदर्य से परिपूर्ण है। प्रेम, पीड़ा एवं मृत्यु के अवर्णनीय भावों को सॉनेट के माध्यम से संप्रेषित करते हुए उन्होंने न केवल कवित्व को जीवित रखा, अपितु, जीवन की सबसे अधिक महत्वपूर्ण स्थितियों को शब्द एवं ध्वनि देकर पाठकों को भी चमत्कृत किया है।

पाठकों के मन उद्यान में 'मृत्यु कलिका' का सम्पूर्ण प्रस्फुटन हो यही शुभकामना देते हुए, मैं कवयित्री अनिमा दास जी की सफल साहित्यिक यात्रा की मंगल कामना करता हूँ।

विनीत मोहन औदिच्य
विभागाध्यक्ष (अंग्रेजी),
शासकीय महाविद्यालय, ढाना,
सॉनेटियर व गजलकार
सागर, मध्यप्रदेश

मृत्यु कलिका–एक अनुभूति

काव्य संग्रह "मृत्यु कलिका" का शीर्षक ही स्वयं में विलक्षण है और साथ ही सर्जक की कल्पनाशीलता और विचारशीलता और का द्योतक भी। मृत्यु से अब तक भयावहता, रात्रि या कालिका जैसे शब्द और भाव ही सम्बद्ध रहे हैं, किन्तु सृजनकर्ता ने अपने इस काव्य संग्रह में मृत्यु को एक कलिका के रूप में बिम्बित करके इसके एक नवीन आयाम को न मात्र प्रतिपादित करने अपितु आभाषित करवाने का भी प्रयास किया है।

इस काव्य संग्रह की रचयिता श्रीमती अनिमादास जी हिन्दी की एक अनन्य सॉनेट लेखिका हैं। उनकी सेवा हेतु उन्हें अनेक पुरस्कारों से सम्मानित भी किया जा चुका है। हिन्दी सॉनेट लेखकों में जो स्थान उन्हें प्राप्त है और जिस स्तर का सृजन वे करती हैं वह अन्यत्र अप्राप्य है। उनका पिछ्ला संग्रह "शिशिर के शतदल" एक उत्कृष्ट सृजन था और साथ ही सॉनेट–जगत में अत्यंत चर्चित भी रहा।

काव्य संग्रह "मृत्यु कलिका" एक सामान्य सॉनेट संग्रह नहीं है, यह लेखिका की वर्षों की तपश्चर्या, अनुभव, गहन चिंतन और सूक्ष्म अवलोकन का उद्‌भास है। यह मानव के अंतर्जगत में सतत संवाहित भावनाओं और संवेदनाओं के वैविध्य को प्रकाशित करने वाला एक ज्योति पुंज है और साथ ही एक अद्‌भुत शब्द–सागर भी।

यह संग्रह तीन भागों में विभाजित है, प्रथम भाग है "प्रेम–पर्व" जिसमें प्रकृति और जीवन सौन्दर्य का प्रकटीकरण हुआ है। इसमें "मोहन–प्रिया", "नर्तकी", "वर्षा", "उक्त–अनुक्त", "मदन–लेखा", मृगनयनी, "शिशिर", "ऋतु प्रियतमा", "पर्वतों की तंद्रा", "रंग्मल्ली", "अनाहूत", "तपस्विनी", "प्रेयसी", "प्रतीक्षा", "प्रेम पर्व" इत्यादि रचनाएं सम्मिलित हैं, जिनके माध्यम से लेखिका प्रकृति और अपने अलौकिक आराध्य या अभीष्ट से

संवाद करती हैं। इन कविताओं का कलेवर सौन्दर्य और प्रणय से निर्मित है। यथा–

घन अलकों में कर आबद्ध सहस्र प्रहेलिका
स्वर्णजल की कुमुदिनी, हे! स्वप्नमग्न प्रेमिका
--
आओ... वृष्टि संग..बजे हृद-मृदंग, उठे मन में तीव्र तरंग
विश्वास की भूमि न हो...मरु सम....झर-झर झरे रसरंग।

सौन्दर्य और प्रणय के भावों को प्रबलता से उद्‌भासित करने हेतु लेखिका ने अनेक स्थलों पर संबोधनों और आह्वान को माध्यम बनाया है जो काव्य सौन्दर्य में चार चाँद लगा देता है–

आ!! मेघ वाहिनी..आ!! मधुर शिंजन.. की निर्झरिणी
अंग-अंग कुमकुमित नृत रंग, सखी! तुम ही हो चित्रिणी
- - -
ऐ..भामिनी! ऐ अतृप्ति की रागिनी! पग बाँध नूपुर
लिए अश्रुझर..क्यों संगीतमयी शर्वरी हो रही आतुर
ऐ.. कामिनी! तुम्हारे ताल में है... प्रत्यारोप का स्वर
बह रहा चिबुक पर झर, असहाय सा प्रतीत अध्वर।

लेखिका जो संवाद अपने आराध्य या अभीष्ट से करती हैं वास्तव में उसी रूप में उनका काव्य पाठक-हृदय से संवाद करता है और कथ्य को अत्यंत प्रबल और आकर्षक बना देता है।-

द्वार से द्वारिका पर्यंत है कृष्णछाया, हाँ! क्यों कहो न?
ऐ! लास्य-लतिका, ऐ! मानिनी मदना, शून्य में बहो न!

प्रथम भाग की रचनाओं में प्रमुखता सौन्दर्य और प्रेम की है, तद्यपि पीड़ा की एक अदृश्य चादर का आभास होता है-

इस प्रेम पर्व की मूर्च्छना में हो रही आर्द्र..इरा प्रणयिनी
लज्जानत मैं भी माधवी लता सी.. कृष्ण-मनमोहिनी।

संग्रह का दूसरा भाग "पीड़ा पर्व" है और इस पर्व के पहले सॉनेट में पीड़ा अनेक रूपों में व्यक्त होती दिखाई देती है–

प्रबल पीड़ा का प्रलाप है, अमर्त्य का यह असह्य विलाप है
जीवन लाक्षा गृह सा ऐ स्वार्थी! अक्षर अंत का शेष संलाप है
क्षत का क्षितिज है विस्तृत...है मृग..माया का ही अधिकृत
आज तपोवन में है गहन तमस.. स्निग्ध ज्योति हुई परावृत्त।

वेदना सदा से ही मानव का मेरुदंड रहा है और कदाचित इसी कारण आदिकाल से ही मनुष्य वेदना को भी सजाता और संवारता रहा है, शब्दों में पिरोता और गाता रहा है। किसी ने कहा है "आह से उपजा होगा गान" तो किसी ने लिखा है पीड़ा में आनंद जिसे हो आये मेरी मधुशाला। किन्तु अनिमा दास जी की पीड़ा से मृत्यु कलिका उन्मेषित होती है–

प्रिय!अनुरोध..अनुरक्ति से ऊर्ध्व है अन्य एक आख्यायिका
मेरे अव्यक्त शब्दों में ढूँढ़ लेना,भविष्य की रूपसी नायिका।

मृत्यु कलिका न मात्र उन्मेषित होती है, वह पल्लवित भी होती है और विस्तार भी पाती है–

नहीं हत्या कर पाओगे तुम पुरातन पीड़ा की, महात्याग से
संन्यासी बनना यदि सहज होता तो तुम न होते विश्वामित्र
न लांघते अस्थियों के अंतर्नाद को..देह का वह वासित चित्र
वास्तव में,..निर्वाण प्राप्ति है कठिन इस अबाध्य पूर्वराग से।

कलिका पुष्ट होती जाती है...वह महकती है, उपवन बनती है, नृत्य करती है और उत्सव मनाती है–

उत्सव मृत्यु का है... उत्साह है देह–दाह का
रम्य लगता है यह क्षण..है चतुर्दिक सुगंधित
घृत में काष्ठ..काष्ठ में अग्नि..अग्नि में काया
है शून्यमंडल अ। वाष्पित–व्यथा से पूर्ण पूरित।

श्रीमती अनिमा दास जी के अभिव्यक्ति का अपना एक अनूठा और बिलकुल अछूता ढंग है। वे शब्दों को इस तरह से बुनती है कि मानस पटल पर एक रंगपूर्ण दृश्य उभर आता है। उदाहरणार्थ–

शकुंतला की विरह वाटिका में अब होते हैं कंटक
स्वर्गपथ की अग्नि में दग्ध होती...दुष्यंत की निशा
कहाँ रही अब मधुक्षरा की सुगंध में प्रेम की गमक!
प्रतिश्रुति का वह क्षण... अब है वृंतरहित..पुष्प सा।

यहाँ सादृश्यविधान के माध्यम से उन्होंने एक चित्र खींच दिया है। शब्दों का कसाव अर्थ को अधिक प्रखरता से उभारता है।

लेखिका की शब्द साधना अभूतपूर्व है। यही कारण है कि उनके पास सटीक की कभी कमी नहीं रहती। उनका काव्य संग्रह एक शब्द–सागर भी होता है जिसमें शब्दों के विविध माणिक प्राप्त होते हैं। उनके विशेषण सदैव चमत्कृत करते हैं। यथा - देह दीर्घिका, प्रथित आकाश।

अनिमा जी की रचनाओं में अनुप्रास की छटा सदैव देखी जा सकती है–

प्रथम प्रणय के प्रलंबन में... प्रेयसी प्रतिमा की
मधुर मृदु मोह में प्रतीक्षा की प्रतिछाया है प्रतिबिम्बित

संग्रह के सभी सॉनेट अद्‌भुत भाव संयोजन और काव्य सौष्ठव से अभिसिक्त हैं। इन्हें पढ़ना एक सुखद यात्रा पर जाने जैसा है। निश्चित रूप से यह संग्रह हिन्दी साहित्य की एक अमूल्य निधि है।

–प्रताप नारायण सिंह

अनुध्वनि

सुमन की सिक्त सुगंध से सुगंधित सलिल

एवं तुम्हारे तप्त तरल अधरों का अध्वर.. एक दिगभ्रमित दंशित द्विधा... मैं नहीं कर पाती, उत्तोलन स्वर का!!! कस्तूरी मृग मन खोज रहा मृगतृष्णिका!!

कल्पना से सृजित कविता... कविता के कल्प वृक्ष से प्रलंबित शब्द लतिका!!!

तुम कहते हो कह दूँ मैं अमाप आख्यायिका.. तुम्हारे अधरों को स्पर्श करती प्राचीन परम्परा। किंतु देखो न... प्रातः की प्रतिमा में प्रतिबिंबित हो रही प्राची...है प्रतीची से चक्षुसंगम का उल्लास....। मैं नहीं पढ़ती पुरुष मन की भाषा... भाषा का विन्यास..। उदीची के मेघखंड में मार्मिक जल बिंदुओं को कर एकत्रित वह काव्य नारी... थिरकती नृत्य करती होती अवतरित... अंकनी बद्ध होने हेतु...।वैदिक भूमिका अथवा आधुनिक छद्मशब्द...अथवा कृत्रिम अलंकारों से सुसज्जित एक अप्राकृतिक तरुण देह।

राधा-कृष्ण हो किंबा मोहन-मीरा... प्रेम स्रोतस्विनी अविरल प्रवाहित उच्चांग से निम्नांग पर्यंत एवं ले आती है सूक्ष्म धारा रुधिर की..। तपस्विनी तमस्विनी के मृदु स्पर्श में कभी शून्यता हुई प्रतीत तो कभी- कभी तीव्र कोलाहल...।

जीवन में शुष्कता भी है...
यह तुमने कभी कहा नहीं...
हे वैशाख !!
उद्विग्न आकाश से प्रथम प्रश्न...
प्रश्न से यंत्रणादायक उत्तर..।
कैसे तुम कहते हो..

अनुराग की याचना भी मैं ही करूँ... प्रणय के तीव्र तपन में
मैं ही समर्पित कर दूँ देह भी दंभ भी!!!

जाह्नवी के अस्तित्व में लुप्त होता सत्य.. 'मैं' से कहाँ होता वर्जित...!!!

न मिलती सांत्वना उर्विजा के आकुल आकूत के अश्रुओं में...न अयोध्या के अज्ञात भय में...। समस्त प्रश्न.. समस्त संवेदना... प्रकृति की क्रियाओं में हो जाते हैं द्रविभूत ...। पर्णरहित वृक्ष सा वर्तमान होता दृश्यमान स्वयं की कृष्ण छाया में...। 'मैं' ने दिया वैदेही के स्वर में करुण क्रंदन..तो कभी विशाद में घन आर्द्रता...। शुष्क हुई तभी... जब काल की अस्मिता को पी गया था प्रचंड अहंकार। क्या 'मैं' तब भी कवि था???

स्वर्णिम भारत का स्वप्न सम्राट भरत के वाष्पित दृगों में भी था....। इस कलिकाल में जगदीश्वर 'मैं' है ..!!! 'मैं' का अहंकारी भ्रूण जब लेता है आकार स्वार्थ भूमि पर...क्या वह समय भी लिखता है कोई कविता किसीके सिक्त भावों में हो कर विलुप्त....??? जीवन का अस्पृश्य भाग में जन्म लेता है एक दर्शन शास्त्र... एवं शैवाल से नियमों में श्वासरुद्ध होता है वैराग्य। नीरव नित्यता से निर्वाण पर्यंत की यात्रा में कठोर सत्य का निर्मम प्रहार अनुभूत कराता है कि कंठ है पूर्ण.. विषज्वाला से..!!! किंतु हृदय के छंदबद्ध स्पंदनों से मैं गा रही हूँ सप्त स्वरों के सिक्त गीत...। काव्य कल्प का 'मैं' एक मात्र अविस्तार बिंदु।

एक ऐसी प्रतिछाया.. जो प्रकृत काया से है पृथक.. क्या यह संभव है!!
स्मृतियों से लिए कई ऋतुओं से
अपने केशों को कर सज्जित आई थी मैं..
एक क्षुद्र अंतरीप पर। तीर्ण थी भूमि..
उर की इज्या में समर्पित हुए थे
मौन नक्षत्रों के अनेक आकाश..
हाँ, अनेक आकाश! शून्य में..
शून्यता की अपरिभाषित भाषा में...
हुए थे विलीन। मैं तो केवल द्रष्टा थी..
नीरव द्रष्टा।

मेरे अजस्र भावों की एक सूक्ष्म कविता..

प्रेम एवं प्रणय के सघन अरण्य में हो रही थी दिग्भ्रांत। शिलाओं से.. पल्लवों से.. लतिकाओं से कर रही थी प्रश्न... कि कहाँ हुआ है लुप्त उसका निजस्व। अंश-अंश उसके थे एकाकी.. निःशब्द।

प्रेम पर्व की समाप्ति से मृत्यु होती है उन्मुक्त, मुखर..मुदित भी। क्योंकि पीड़ा का एक अवर्णनीय पर्व कई अश्रु बूँदों की वर्षा को करेगा आमंत्रित। इस विज्ञप्ति से स्पंदित होगा हृदय.. नृत्य करेंगे भावों के अर्ण। इस पीड़ापर्व की प्रतीक्षा ने मेरे स्नायुओं को किया है काराबद्ध।

अनुक्त इच्छाओं की ऊष्मा में कविता हुई है शिथिल..ध्वनिहीन। मैं सुप्तावस्था में आकाशगंगा से ले आई थी अनेक स्वप्न.. उन स्वप्नों के चंदनी स्पर्श से मेरी निद्रा हो रही थी सुगंधित। पीड़ापर्व है मृत्युत्सव का.. असमाप्त क्षण!!!इस क्षण में नर्तित भग्न स्वप्न के अंशावशेष ऊषा की मृदु मरीचि में हो जाते हैं बिंदुओं में विभक्त।

'यह शेष नहीं है, ऐ पीड़ा की प्रेयसी!' कहती है.. ऊषा। मैं.. रहती प्रश्नवाचक सी। आकाशगंगा है मिथ्या अथवा एक अपूर्ण तृष्णा। पीड़ापुष्प हुए प्रस्फुटित..

पीड़ा के कभी मृदु कभी तीव्र प्रवाह से हंस हुआ है क्षताक्त..। वन की पीड़ा मन करे शमित किंतु मन की पीड़ा???

मन की पीड़ा से रिक्त हो जाता है देहालय।

अभेद्य होती है यह पीड़ा...इसकी भंगिमाएँ होती है अति असहनीय।

तमिस्र से संगमित तरुछाया.. चंद्राभा से जैसे रहती है अगोचर.. ऐसे ही समस्त भावनाएँ एकत्रित होती हैं किसी अपरिचित गुहा में जहाँ केवल अंधकार है। गाती है.. सुनाती है मल्हार पीड़ा की प्रत्येक शाखा थिरकती है.. मृदु कंपन संग कहती है.. "ना प्रिया, प्रेयसी..! यह नहीं यंत्रणा..यह नहीं मनोव्यथा..यह नहीं महार्णव की ध्वनि..यह नहीं.. रिक्त उपत्यका..यह है उत्सव.. उत्सव क्षतों का उत्सव विरह ऋतु का..उत्सव व्यथित विभावरी का..कई रासरंग से रंगमय जीर्ण-शीर्ण सौंदर्य का...। तुम्हे करता अलंकृत.. झंकृत..तुम्हारी प्रतिछवि है इस पीड़ा पर्व का इतिवृत्त.. "आह्ह!!" इस पीड़ा पर्व का काल है दीर्घ.. है हिमाच्छन्न शृंग..है सागरीय सलिल में विलुप्त आर्द्रता...इसके आकर्षण से मैं होती हूँ निरुत्तर..शून्यता में तल्लीन।

इसी शून्यता में..प्रिय आकाश रचता है अन्येक आख्यायिका.. प्रेम पर्व का अंत एक युग का अंत!!

अतिशय प्रेमाविष्ट यह आकाश हुआ है पीड़ा पर्व की उष्णता से मेघाच्छन्न...इस मेघ से झर आई है मेरे वृत्त पर एक शीतल निर्झरिणी जिसके मृदु स्रोत से..पुनः सिक्त हुई है शुष्क उरा.. प्रथित वेदना का प्रवाह..इस प्रवाह में.. ऊसर मन-भूमि पर अंकुरित हुई है.. सौंदर्यपूर्ण.. इंद्रधनुषी..स्वयंसंपूर्णा.. लास्यमयी..सुगंधिता.. आभायुक्त शांत..सदातृप्त..मेरी प्रिय मृत्यु-कलिका..!!

कहती है ध्वनिरहित कविता..केवल अनुभव.. अनुनय..अनुराग.. की इज्या में अभिषुत मृत्यु-कलिका..प्रिय सखी.. समग्र अवयव को शिथिल करती.. विश्रान्ति की मुद्रा में..इस उर को... अस्थियों को रक्तवाहिकाओं को करती स्पर्श.. मधुरिम करती..सुसज्जित कर आत्मा को कोटिशः निहारिकाओं में देती है परम तृप्ति..।

ऐ.. मृत्यु-कलिका!मेरी देह-वाटिका की अनिंद्य सुंदरी..जन्म-जन्म की प्रतीक्षित अभीप्सा, तुम इस महा सरोवर की एक मात्र पद्म-कलिका इस अनंत महार्णव की एक मात्र ज्योत्स्ना-स्नात उर्मि इस ब्रह्माण्ड की एक मात्र उज्ज्वल तारिका सप्त ऋतु में प्रवाहित..पराग रेणु..। तुम शाब्दिक नहीं..तुम हो प्राण के अतिरेक एकमात्र निःशब्द इच्छा...।

शेष ही तुम.. आरंभ भी तुम..ऐ मृत्यु कलिका! इस अग्निगर्भ में प्रवाहित एक मात्र शीतल समीरण तुम..तुम दे दो मुझे..अनंत शय्या..दे दो मुझे शेष आश्लेष..ऐ शून्यगर्भा..कर दो मुझे द्रविभूत तुम्हारे अतल गह्वर में..ऐ अनंत अध्वर..! सर्व शाश्वत... नीरव हिमशीर्ष!

कर दो मुझे शांत.. शांत..केवल शांत।

ऐ रक्तगर्भा मृत्यु! रच दो क्षिति के अक्षांश पर एक कथाबिंब जिसमें अभिव्यंजित हो रूपांतरित हो आत्मिक अणु..। सृष्टि से असृष्ट अनामिका को प्राप्त हो नव्य नीलिमा..। श्यामली की अर्ध-ईप्सित यात्रा में प्राण पतत्रि हो ऊर्ध्वगामी।

ऐ दिव्य ज्योतिर्मयी! ऐ.. अंतरिक्षीय काव्य मलयज!ऐ ब्रह्म ध्वनि! ऐ ओंकार! मेरी समग्रता को कर शून्य कर दो मुझे बिंदु मात्र। मरु हूँ मैं.. मुझे देकर तीर्णता कर आलिंगनबद्ध कि यह हंसदेह हो जाए असंख्य सूक्ष्म-कण।

ऐ मृत्यु कलिका! प्रेम - पीड़ा के ऋतुपर्व में तुम हो तृष्णा-चित्र प्रिया सौदामिनी..

जन्म-उत्सव से मृत्यु समारोह पर्यंत की सौंदर्यमयी यात्रा एवं इस यात्रा की मैं एकाकी यात्री..। मेरे समक्ष है केवल तुम्हारी उपस्थिति..। विभाजित हो

जाऊँ मैं..तुम्हारे संपूर्णता में...ऐ.. अर्ण अणुभा..। कृत्रिम श्वास के इस वलय से होकर निस्सृत..इस सत्व का प्रवाहन हो अनंत ब्रह्मंडल में....।

प्रेम पल्लवी! तुम्हारी पीड़ा सस्वर हो रही स्पंदित इस प्रकृति की काया में.. तुम्हारी शताब्दियों में...तुम्हारे संवत्सर में .. तुम्हारी गुंथित मृदु शाखाओं में .. तुम्हारी समग्रता में हो रही अंकुरित मेरी प्रिय मृत्यु कलिका.. मृत्यु कलिका।

अनिमा दास

कटक, ओड़िशा

अनुक्रम

प्रेम पर्व

पीड़ा-पर्व

मृत्यु कलिका

प्रेम पर्व

1. मोहन-प्रिया-1

इंद्रधनुषी उपत्यका से तुम्हारे नयन युगल
मंद मंद स्मिता से तुम्हारे कृष्ण कज्जल
न कहूँ मिथ्या...हो तुम अनेक श्रावणी सी
प्रिया! प्रेयसी! प्राजक्ता तुम प्रेम परिधि की।

घन अलकों में कर आबद्ध सहस्र प्रहेलिका
स्वर्णजल की कुमुदिनी, हे! स्वप्नमग्न प्रेमिका
न कहूँ मिथ्या, पूर्वानिल की तुम प्रथम सुगंध
प्रिया! प्रेयसी! तुमसे प्रणय का चिर अनुबंध।

करपल्लव में, मोहना! धर प्रीत अनंत अपार
रौप्यमंडल में संगमित देहद्वय का अभिसार
मिथ्या नहीं है...युगों का यह आत्म विसरण
प्रिया...अद्य प्रतीक्षिता, प्रेम ही मेरा आभूषण।

है पथ दुष्कर-तरल वैशाख का शुष्क पुष्कर
अनुगामिनी मैं...आलिंगन में मेरे सिक्त अध्वर।

❖❖❖

2. मोहन-प्रिया–2

देखो मोहना! हुआ उदित मयंक...भरा नभ का अंक
आओ मोहना! दे दो भुजपाश, मिटे, परछाई सा कलंक
सुनो मोहना! यामा की सीमा है अति घन अति अल्प
लगे शेष समय के इंद्रधनुषी रंग में एक लघु सा गल्प।

मेरे मोहना! उत्तापी मध्याह्न से जो संध्या ने ली विदा
जलाई शुष्क प्राणकुंड में प्रिया तुम्हारी, जीवन समिधा
ऐ मोहना! करे अभिव्यक्त खगकुल देखो आर्द्र अनुराग
पल्लवी वल्ली, उष्म रश्मिओं में शिशिर लिए गई जाग।

ना जाओ मोहना ! ठहरो, न... न... शितीकंठ के पग अधीर
श्रावणी–संदेश की सुरभि करे स्पर्श नैनों के तृषित तीर
आओ... वृष्टि संग...बजे हृद–मृदंग, उठे, मन में तीव्र तरंग
विश्वास की भूमि न हो...मरु सम....झरझर–झरे रसरंग।

मुझमें दिगंत की मौनता... मौनता में तुम्हारे ही स्पंदन
हे मोहना! वन–वन हुआ अपर्ण... बूँद का हो अनुगूँजन।

❖❖❖

3. नर्तकी-1

मदिर नयनों में है अव्यक्त भाषा अपरिगत अभिलाषा...
भंगिमाओं में उभरती तृष्णा? क्या है तृष्णा की परिभाषा...
झरती तारिका थिरकती अश्रुबूँद है तेरा हृदय स्पंदित...
मौन अधर पर..क्यों प्रियतम का नाम..है गुप्त-कंपित।

पदताल में अग्नि स्फुरित.. मृणाल सी देख अँगुलियाँ
मन अस्थिर व काया अधीर... कटि पर स्वेदित मंजरियाँ...
मदमत्त से पल्लव... पर्वत, दिगंत में... सुलोलित गीतिका
ध्वनि में रागिनी... नृत्यरता कामिनी... मुद्राएँ-वीथिका।

आ!! मेघ वाहिनी... आ!! मधुर शिंजन... की निर्झरिणी
अंग-अंग कुमकुमित नृत्य रंग, सखी! तुम ही हो चित्रिणी
ऋतुएँ गाती हैं सप्तस्वर के गीत... मन है उदास... तथापि
यह आकाश नहीं बरसता नितांत...हाँ, निदाघ में कदापि।

लावण्यमयी लास्या! नूपुर के दीर्घ राग में है क्यों उजास!
प्रणय निवेदन, आह, रच रहा देखो, अर्वाचीन का इतिहास।

❖❖❖

4. नर्तकी–2

ऐ भामिनी... ! ऐ अतृप्ति की रागिनी ! पग बाँध नूपुर
लिए अश्रुझर क्यों संगीतमयी शर्वरी हो रही आतुर...
ऐ कामिनी... तुम्हारे ताल में है!... प्रत्यारोप का स्वर
बह रहा चिबुक पर झर असहाय सा, प्रतीत अध्वर।

ऐ... सुरवाहिनी! तुम्हारे सभी मुद्राओं में मुक्ति का राग
अनुक्त भावों में प्लावित... असंख्य नक्षत्रों का त्याग
रुण-झुण में... स्वेद बिंदु... स्वेद में शोणित स्वाभिमान
अंग-अंग में नृत्यरत प्रियतम के युगों का अतिमान।

क्यों तुम इतनी कोमल वल्ली सी... हो ऐ, कलापिनी?
पुरुष... से पृथक स्त्री क्यों होती... कहो ऐ, मायाविनी!
हाँ... यामिनी की प्रणयिनी... सुहासिनी... प्रेयसी प्रियंबदा!
यथार्थ की पीड़ा तुम्हारी पदचाप में थिरकती सर्वदा।...

आओ नर्तकी ! नटराज की वक्षलग्ना..ऐ, पूर्ण प्रकृति!
भंगिमा में भर तांडवी-अंत... शेष करो...ग्रह की अपगति।

❖❖❖

5. कलंक : न प्रेम

मंजुरिम सांध्य कुसुम, मधुर ज्योत्स्ना में है दीर्घ प्रतीक्षा...
तुम्हारा आगमन एक भ्रमित कामना मात्र लेती है परीक्षा
दृगंचल में शायित इच्छा...व इच्छा में है अनन्य अभिसार...
कल्पना ही कल्पना है हाय! वर्णिका में है यह अभ्याहार।

अस्ताचल की अरुणिमा में मंत्र-मुग्ध सा यह मुखमंडल...
कृत्रिम क्रोध से स्पंदित हृदय में जैसे नव प्रणय पुष्पदल
द्वार से द्वारिका पर्यंत है कृष्णछाया, हाँ! क्यों कहो न?
ऐ! लास्य-लतिका, ऐ! मानिनी मदना, शून्य में बहो न!

कलंक भी सौंदर्य है यह...कहा था मुझे सुनयना ने कभी
सौम्य-मृदु अधरों से छद्म-शब्दों का मधु झर गया तभी
देहान्वेषी ने उसके अंगों का अग्नि से किया था अभिषेक
तथापि निरुत्तर प्रतिमा में शेष नहीं था मुक्ति का अतिरेक।

स्वप्नाविष्ट प्रकृति, अद्‌य अंतर्मुखी विवेचना में है पुनः संध्या,
तिक्त वासना में है चीत्कार करती क्यों शताब्दी की बंध्या?

❖❖❖

6. वर्षा : विलयन

वर्षा... वर्षा...आहा! वर्षा के आलिंगन में गिरि पल्लव
शी...शी करती गुप्त अभीप्सा में हाय! द्रवित अवयव
निःशब्द-नादित, नादित-निःशब्द नीरव निशा नर्तकी
मंद मंद मुस्काती मौन वाणी में जैसे तंद्रा थिरकती।...

श्रावण! ऐ श्रावण!... देखो न... यह वैशाख सा तपन
दक-दक करता वस्त्र... थर-थर थरता मन का स्पर्शन
न... न... करती यह स्वप्नमयी शय्या... कभी यह कुसुम
संध्या के घुँघरू में छम-छम मैं... कभी छन-छन तुम।

दो कोठरियों पर मृदु उँगलियाँ, अधर लगे उष्म, सिक्त
मुक्त-मुग्ध... उन्मुक्त कटि, यह उन्मादी-बंधन अतिरिक्त
हाँ... हाँ... मोहना! बूँद-बूँद... टिप-टुप... टुपुर में यति
प्रिया... तुम्हारी प्रिया मैं...कभी तुम देव...कभी मैं रति।

आहा! सुनो! कोलाहल क्षितिज में... रिक्त जीवन दीपक
मैं लीन हो चुकी है ऊर्ध्व उड़ चुका, इस उर का धुमक।

❖❖❖

7. उक्त–अनुक्त

ऊहूँ, न, नहीं व्यक्त करूँगी अपनी परिधि
ऊहूँ... न... नहीं आऊँगी संग तुम्हारे, देने
तुच्छ कामनाओं को पूर्णता व प्रविधि...
अर्थहीन संभावनाओं का अपराध लेने।

तुम हो एकांत द्वीप के अहंमन्य सम्राट
हाँ तुम्हारी...कल्पना से जो गंध आती है
उससे मैं होती हूँ रुद्ध...रुद्ध होता कपाट
अनुक्त शब्दों में व्यथा भी भर जाती है।...

मैं नहीं होती तुम्हारे प्रश्न वाण से क्षताक्त
अट्टहास तुम्हारा जब गूँजता है नभ पर
हृदय उतनी ही घृणा से होता है विषाक्त
ध्वस्त करती हूँ इस ग्रह का मिथ्या गह्वर।

आह! अब सर्वांग मेरा हो रहा अग्निमय
उह! शेष हो कराल नृत्य...अंतिम प्रलय।

❖❖❖

8. व्याकरण

तुम्हारे रुद्ध द्वार पर रख आई मैं...समस्त विषाद
अंतहीन पीड़ा का एक दीर्घ श्वास एवं... प्रतिवाद
गवाक्ष से दृष्ट प्रतिछाया में मिश्रित... मन का तमस
प्रलांबित होता रहा शेष प्रहर पर्यंत लिए घन उमस।

तुम्हारे निष्ठुर मौन द्वार पर दे आई...समस्त आर्द्रता
रक्तकमल सा क्षताक्त भाव...एवं अंतिम विवशता
अधर से अध्वर छू गई कज्जल की एक सिक्त रेखा
उस स्वप्नहीन शर्वरी में हुई शून्या तुम्हारी चंद्रलेखा।

तुम्हारे प्रश्नवाची द्वार पर त्याग आई...समस्त उत्तर
वसंत विभोर संध्या की शेष सुगंध व शीतल शीकर
हृदय का...एक भग्न-अंश व नीरव आषाढ़ की धूप...
पीतवर्ण शुष्क पर्ण पर लिखित व्यथा का चारु रूप।

अंततः अंजुरी में भर लेना मेरे अव्यक्त समर्पण को
पढ़ लेना तुम हृदय पुस्तक के... प्राक व्याकरण को।

❖❖❖

9. शपथ

मैं तुम्हे कोई प्रश्न नहीं करूँगी आज करती हूँ शपथ
सप्त पर्वतों को न लाँघ आऊँगी...पृथक होगा गमथ
मैं तुम्हे स्पर्श नहीं करूँगी...न कहूँगी मुझे दो शिशिर
वर्षा-बूँदों में अश्रु संग..देह दीर्घिका पर बरसेगा मुदिर।

मैं तुम्हे नहीं देखूँगी आकांक्षी चक्षु से न माँगूंगी भिक्षा
न द्वार पर रहेगी मेरी छाया यह मेरी अंतिम तीतिक्षा...
तुमसे नहीं कहूँगी मेरी चिता पर देने घृत-अगुर-चंदन
न कहूँगी मैं... मेरी उष्ण भस्म पर करो... नित्य क्रंदन।

प्रिय! नहीं कहूँगी मुझे कभी इच्छा थी... आलिंगन की
रुदन मेरा रुद्ध हुआ... चिताग्नि में जली मैं वर्तिका सी
श्वास हुआ वाष्प... नहीं कहूँगी... कि मैं हूँ अब शुष्क मेघ
करो घनीभूत मुझे... दो! प्रथित आकाश... भरो! आवेग।

किंतु... कुमुद के कंठशोष में होगी संघर्ष की स्वेद-गंध
इस उपत्यका में रहेगी सदा पूर्ण नीरवता-अनिबंध।

❖❖❖

10. दिगंत की दीप्ति

तरुवर की छाया में शायित उष्ण...प्राचीन तृष्णा में
मोहभंग जीवन व्यतीत होता है,..नित्य वितृष्णा में
प्रतिवाद भी नहीं प्रतिशोध भी नहीं, केवल शून्यता
अहंमग्न शीर्ष पर रहती क्यों यह स्वार्थी मनुष्यता?

ऐ, चंचला! अतीत तुम्हारा यदि था वीभत्स महाकाश
वर्तमान भी नहीं कोई भव्य कल्पना किंतु है नागपाश
ऐ, मोहिनी! भविष्य का अंतरिक्ष भी है घन प्रहेलिका
नूतन गीत के छंद लिख हो जाओ तुम भी कुहेलिका।

मुक्तवेणी! कृष्ण की प्रतीक्षा में न हो पुनः वस्त्र हरण
वस्त्रहीन है सूक्ष्म काया, अतः, क्या सह्य है स्व-दरण?
प्राची के प्रकाश में प्रतीची भी है देखो, हुई अरुणित
संधिकाल है संध्या ऐ, पद्मिनी! नितांत तुम सी तृषित।

ना! मृगनयनी, दुर्वह है सत्य किंतु... तुम रहो पूर्ववत
एक स्वतंत्र दिगंत या दीप्त नक्षत्र सी रहो शाश्वत ॥

❖❖❖

11. ओंकार

सबकुछ हो तुम प्रिये! संघर्ष व प्रणय उभय
हृदय में विस्मृत अयोध्या की कामनाओं को
लेकर समृद्ध विचारों व मृदु संवेदनाओं को
भूमिस्थ कर स्व को घोषित की मेरी विजय।

सबकुछ हो तुम प्रिये...! प्रेम भी... प्रयुद्ध भी
तुम संकल्पों का बंध बाँध कर क्षण भर में
करती रोपित असंख्य उद्धर्ष कायिक सर में
बन जाता हूँ मैं निर्वाण के पथ का बुद्ध भी।

सब कुछ हो तुम प्रिये! प्रतिरोध व प्रतिशोध
आयु की छाया में ढलते यौवन की सौगंध
श्वासांत में रूपांतरित प्रस्तर का ...अनुबंध
मोक्ष प्राप्त अभीप्सा का एकांत अनुरोध।

अनंत शून्यता मुझमें.. बन रही कैलाश शिला...
अहंकार की भस्म में अदृ्य... ओंकार है मिला।

❖❖❖

12. मदनलेखा

समय के अवकुंचन में नहीं रहा प्रेम! मदनलेखा,
प्रथम प्रणय के प्रलंबन में... प्रेयसी प्रतिमा की
अथाह व्यथा में असहाय हृदय, मौन आत्मा भी
न सुन पाया नियति की ध्वनि... न प्रतिबिंब देखा

स्मृति में जीवंत अतीत की तरल कथा हे विदुषी!
प्रिया की परिधि में पोषित प्रीति पुष्प का सुवास
एक मित्र एक सहचरी की गीतिका में मेरा श्वास
कैसे करूँ विस्मृत... सौम्य मुखमंडल की अरुषी?

तुममें होने लुप्त, मदनलेखा सह्याद्रि की वर्षा बूँद
इन निर्जीव शिलाओं में, क्या होगी पुनः अवतरित?
क्या उर की सिहरन में होगा मृदु कंपन आप्लावित?
क्या तुम स्वप्नमग्न रात्रि में आओगी कभी नयन मूँद?

हे आर्य! यह तितीर्षा, यह असमाप्त प्रतीक्षा की भाषा
भविष्य के तमिस्र में हैं भ्रमित, अकल्पनीय अभिलाषा।

❖❖❖

13. स्वप्नकुमारी

आकाश ने लिखा एक पत्र नारंगी रंग के अक्षरों से...
किंतु लज्जानत शर्वरी कह दिया पवन की लहरों से
कि प्राची से उदित एक तारिका भ्रमित न करे मन को
शुक्ल हंस पर आया है पत्र करेगा तप्त तृष्ण तन को।

ऐ विभावारी! आज करो प्रतीक्षा... आकाश है प्रेममय
मेरी सुगंध में है...सिक्त मृदा की गंध व प्राचीन प्रणय
करो प्रतीक्षा, ऐ खगेश्वर! रौद्र से होगा भस्म यह पत्र
प्रथम नहीं अनेक पत्रों का एक उत्तर...प्रेम पर्व है अत्र।

क्षुधित क्षितिज के परिहास से हो रही मैं अद्य असह्य
नेत्रांबु से करूँ प्रक्षालन...इस शैल शीर्ष का मैं नित्य
श्याम रंग से है भीत मुझे..उजास से भी रहूँ भयभीत
कहो, आकाश! यह मुहूर्त कैसे करूँ संग तुम्हारे व्यतीत?

शीतल स्पर्श से हो रही उल्लसित...यह प्रिया तुम्हारी
प्रीति वल्लरी मैं तुम्हारे प्रांगण की... हूँ मैं स्वप्नकुमारी।

❖❖❖

14. मृगनयनी

हे, मृगनयनी! श्वेत वस्त्र तुम्हारा किसने किया विदीर्ण?
कौन कुंतल में भर गया ये भस्मित आशाएँ विशीर्ण?
प्राचीन भग्न स्तूप सा लगे तिरष्कृत तन-तरु तुम्हारा-
धरा की यह है कौनसी ऋतु, तप्त है मन-मरु तुम्हारा

है दृगों में निष्ठुर आषाढ़ हृदय में, बहता प्रचंड निदाघ
निश्चल नीरव निरुद्देश्य है क्षिति, मलिन हुआ शेष माघ
कमलनयनी! किंवदंती के करुण क्रंदन की कमलिनी!
क्यों हो मौन? इस महाद्वीप की मर्माहत मृण्मय मानिनी!

अधरों पर लिए क्षताक्त हास का...यह दृश्य विदारक
क्यों कर रही प्रतीक्षा त्राण की, जब समय, है संहारक?
स्मृति तुम्हारी मृत रहेगी सदा मृत्युलोक पर! हे वर्तिका,
व्याकुल ध्वनि होगी रुद्ध गगन गह्वर में, हे, अनामिका!

धमनी में धावमान ध्वांत से हो रही आत्मा तुम्हारी मुक्त
सखी! देखो, वेदना, सहर्ष अस्थियों से हो रही उन्मुक्त।

❖❖❖

15. नदी सी तू...

देखो दृश्य दिगंत का... दीप्त हो रहा...
शंख संवित्ति का सुमधुर सुर में बहा
कथाश्रु की दो धाराएँ...तट-द्वय पर
बह गई विरह के साथ देह उभय पर।

नदी... नदिका, नदीकांत में हुई निमग्ना
निर्झर निरुत्तर... नील हुआ है कितना
वन वन नृत्य करता मुग्ध मुदित मयूर
प्राची पवन से प्रीति पुष्पपराग अदूर।

तीर... तरंगिणी... शून्या तरणी... क्षोणी
विमुख व्यथा से री! विदग्धा विरहिणी!
आहा! स्वप्न समुद्र में संगमित सलिल!
उरा के उर से उद्वेलित अपगा उर्मिल।

मोह लिया... मोक्ष दिया, किया मानित।
महाकाव्य की मनस्विनी हुई मोहित।

❖❖❖

16. शिशिर

श्वेत शिशिर बूँद पर तुम्हारी कल्पना
तुम्हारी स्मिता से... है मृदा सुगंधित...
कहीं वासित रजनीगंधा की कामना
तुम्हारे मृदु आलाप से है ईरा मुदित।

कास की इच्छाएँ अनछुई सी रहतीं
संगम के क्षणों को ऊषा में सजाए
मन-गुहा में शीतल शब्द हैं गूँथतीं-
अनेक काव्य में तुम्हारा चित्र बनाए।

यह...तपन नहीं प्रकृति के पर्णो में...
यह...व्यथा नहीं किसी उर्मिला की...
यह...कथा नहीं अलिखित वर्णो में...
न है यह गीतिका... किसी शिला... की।

शिशिर की बूँद पर लिखी कविता,
उतनी है उष्म जितना उष्म सविता।

❖❖❖

17. ऋतु प्रियतमा

ऐ शिशिर... शीतल समीरण के सदा सुगंधित सप्तक
उर्वशी-उर की उष्णता... ऐ, उर्वी की उमस की गमक!
वर्णवारि की वर्षा में हिम स्फटिक का श्वेत आभूषण
क्यों लिखा कादंबरी के कज्जल पर अनंत तपश्चरण?

ऐ वसंत यह पर्णपत्र है गौर गात्र का अक्षुण्ण अक्षर...
अल्प मौन... अल्प मुखर... जैसे प्रिय का तृषित अधर
मन पुष्करिणी के शब्द शतदल सा प्रतिबिंबित मयंक
सौंदर्य सुरभि भर है शून्य वन सा विरहिणी का अंक।

मधुर मृदु मोह में प्रतीक्षा की प्रतिछाया है प्रतिबिंबित
अस्तित्व का अमरत्व नहीं है अमृत अर्घ्य में असीमित
वह्निवाहक यह हृदय है तीव्र ज्वाला का आग्नेय प्रस्तर
है अंतहीन अंतरिक्ष में असंख्य अणु का चिर-अभिसर।

वारिद्र के कंठ में पंचवर्ण की वर्णिका! क्यों है वल्लिका...
क्यों है वैधव्य... व्यतीत यामिनी में... हे मृति माधविका!

❖❖❖

18. पर्वतों की तंद्रा

तरल तंद्रा बह गई थी, पर्वतों से... सिक्त हुआ था वन
रुधिर झर गया था वक्ष से... रिक्त हुआ था यह मन...
नदी हुई थी चंचला... समुद्र से संगम की थी व्यग्रता...
किंतु नैश्य द्वीप में...उष्ण कामनाओं की थी आर्द्रता।

स्वरित हो रही थी कदम्ब कुंज में कृष्णवर्णा कादंबरी
ऊषा-पूर्व हो रहा था ध्वनित क्रंदन, थी सुप्त विभावरी
मंथर था समीरण... मुक्त हो चुका था...धरणी का केश
किंतु अब भी मौन देह में था ग्लानि का अपूर्ण क्लेश।

मृदु भाव में तीक्ष्ण पीड़ा का चुम्बन... अतीत से कहा,
"स्मृति एक नहीं...अनेक हैं। कैसे कहूँ क्या-क्या है सहा!"
निरुत्तर अतीत हुआ अदृश्य... वर्तमान के अंतराल में
अंतरिक्षीय ध्वनि में हुआ लीन शेष हुआ मध्यकाल में।

तरल तंद्रा बह गई थी पर्वतों से रक्तिम ऊषा थी आई...
मालविका की काया शिशिर बूँद लिए मंदमंद लहराई।

❖❖❖

19. काव्यकामिनी

व्यतीत होता है प्रकाश... तत्पश्चात् अंधकार...
एक गहन श्वास लिए... एक पक्ष होता व्यतीत
व्यतीत होता है कष्ट...कष्ट में मग्न स्मृति अपार...
नहीं आता द्वार पर... न प्रश्न... न उत्तर न अतीत।

शकुंतला की विरह वाटिका में अब होते हैं कंटक
स्वर्गपथ की अग्नि में दग्ध होती...दुष्यंत की निशा
कहाँ रही अब मधुक्षरा की सुगंध में प्रेम की गमक!
प्रतिश्रुति का वह क्षण... अब है वृंतरहित..पुष्प सा।

अप्सरा सी मैं भी होती... शृंगार-रस... होता क्षरित
बह जाती अनंतता में आयु... संग मोहिनी भंगिमा
ऋषि-नृप के हृदय कुंज में कदम्ब ही होता पुष्पित
कादम्बरी सी मैं कुहुकती... घन-वन में होती मंजिमा।

तरंगिणी तीर की तरणी सी किस दिशा में बह जाऊँ
किंवदंती की कविता में काव्यकामिनी सी रह जाऊँ।...

❖❖❖

20. रंगमल्ली

तुममें द्रवित हो जाऊँ कि प्रत्येक अंश मेरा तुम सा लगे
तुममें करूँ दीर्घ एक यात्रा कि मेरे श्वास में ब्रह्माण्ड जगे
सूक्ष्म होती जाऊँ मैं तुम्हारे... स्थूल भाव में कर विचरण
शुक्ल देह में श्याम रंग लिए... पुनः हो मेरा धरावतरण।

हो यौवन मेरा चिर सुरभित... हृदय में रहे सहस्र वसंत
प्रणय के मधु वर्ष में सदा उष्मित रहे तरुण मन हेमंत
जब सिक्त होगी वर्षा की शीतल बूँद में मेरा नाम चंचल,
तप्त मरु सी निशा में दृग करूँ मैं रिक्त स्वप्नसुंदरी चपल।

तुममें आलोकित हो जाऊँ कि मेरे उरांश में हो सौम्यदृप्ति
तुममें हो जाऊँ व्याप्त इतनी कि न रहे आत्मा की अतृप्ति
शुष्क शाखाएँ हो पल्लवित कि...पर्ण-पुष्प हो आल्हादित-
तंद्राकुल नेत्रजल में मृदुल दिवस की छवि सदा रहे मुदित।

सिंधु ज्वार का उद्वेलन लिए हृदय में न रहूँ क्रंदित वल्ली
समस्त वेदनाओं में है तथापि, प्रमीत प्रगल्भा मैं रंगमल्ली।।

❖❖❖

21. निवेदिता

थी प्रतीक्षा इस दिवस की कि कभी मैं हो जाऊँ समर्पित
प्रेमसरि की मैं एक मात्र कुमुद कलिका हो जाऊँ सुरभित
हाँ... होंगे सहस्र नक्षत्र भी अद्य प्रस्फुटित स्वच्छ गगन में
नृत्य करेंगे प्रीति पुष्प... संचरित होंगे रेणू मदिर मगन में।

गढ़ लूँगी मैं स्वयं की प्रथी व विश्वासपूर्ण एक भव्य निलय
असंख्य स्वप्न असीम कल्पना एवं अपरिमित मधु मलय...
राजहंस सा हृदय तुम्हारा... प्रियवर! अमिय जल कर पान
मुझ हंसिनी के प्रणयालिंगन में...गाओगे तुम स्वर्गीय गान।

पृथ्वी मेरी रहेगी गतिशील सदा...तुम्हारे जीवन परिपथ पर
तुम रचोगे इतिवृत्त प्रेम का, संगम हमारा रहेगा तृप्त-अमर
सुनो प्रिय तुम त्याग अहं... व्यथाओं को मेरी देना अंकपाश
मैं चिराभिसारिका रहूँगी निवेदित, अर्पित तुम्हे मेरा आकाश।

प्रियतम सौरभित नभमंडल देखो!...अद्य है वसंती अवतरण
मैं निवेदिता हूँ सदा विदिता... हूँ करती... आत्मिक अनुसरण।

❖❖❖

22. एक इच्छा

म्लान हो जाए कभी वह क्षुद्र स्तवक संभव... तो है नहीं
क्या तिमिराच्छन्न पटल पर सूक्ष्म छिद्र होता देखा है कहीं?
सर्पिल मुहूर्त में एक विशाल घृणा वृक्ष होता है विकसित
क्या सत्त्व होता उसी क्षण अर्ध मृत...अथवा अर्ध दंशित?

ना... धैर्य तो शैलकन्या का भी हुआ था... अभ्यधिक हत
क्या उन जलती उक्तियों से यज्ञकुंड नहीं हुआ होगा अमत?
पूर्णतः मैं नहीं शैलजा... तुम्हें अनंतव्यापी शिव कहूँ कैसे?
अन्वेषी चक्षु मेरे हैं सतर्ष पथिक...तप्त मरुस्थल के जैसे?

यदि देह मेरी तीर्थ है... आत्मा मेरी है सुदीर्घ स्वर्गीय पथ
कर स्पर्श मृण श्मशान की रहता गतिशील यह स्तीर्ण गमथ
वेदनामुक्त, व्यथावियुक्त... स्निग्ध सौम्य समाप्ति की विज्ञप्ति
देते हुए होती ऊर्ध्वमुखी... शेष संभोग की आर्द्र परितृप्ति।

वैसे असमय उल्कापात ही होता भाग्यदोष... यह न कहना
संभवतः असमाप्त उद्भव में ही है इस प्राणधारा का बहना ।।

❖❖❖

23. आत्माहुति

धर नयनों में दीर्घ एक प्रतीक्षा, शेष स्वप्न हुआ दग्ध तप्त नीर में
वीणा के तार पर रख व्यथाएँ समस्त, अरुणी रही तटिनी तीर में
हो रही थी प्रातः वंदना स्वरित किंतु निविड़ प्रोष में थी, देहद्युति
तीक्ष्ण आघातों की शैया पर... ज्योत्स्ना दे रही थी आत्माहुति।

प्राची थी शांत... मंत्रमग्न- मुग्ध विश्रान्ति में था शीतल तमीश
प्रतीची के नीलाभ में अल्प शुभ्रा... शीकर सिक्त था शृंग शीश
किंतु किसने दिया धर्मयुद्ध का व कर्मध्वंस का यह मुक्त आह्वान?
निर्वस्त्र समाज के उदण्ड नृत्य से सर्वस्व का...हुआ अवसान ।

घृणा द्वेष की उत्ताप से भस्म हो रहा अब यह तरुण शरीर मेरा
अर्धनग्न विचारों से... क्षत -विक्षत है... रक्तपात सहता वीर मेरा
क्यों... क्यों तुम... नहीं करते रक्तबीज सा समर का समापन?
क्यों नहीं देते शाश्वत आदेश... कि पौर्णमास का हो आगमन?

है यदि भाग्य में केवल अनेक-अनेक युद्ध व विश्वास है तममय
मुझे भी है स्वीकार...जन्म जन्मांतर का यह...अनिर्दिष्ट निरय।

❖❖❖

24. अस्तित्व

यह छवि अतीत की है... उसने कहा इसमें तुम नहीं हो
उसने पुनः किया प्रश्न... तुम्हारा क्या कुछ भी नहीं था?
उत्तर था शून्य शब्द : उसने कहा... तुम क्या सदा यहीं हो?
किंतु नहीं है संबंध...निःशब्द नभमंडल से धवल पक्षी का!!!

तुम्हारे घृण्य अंगों का... ले जाओ यह... अंकुरित बीजक
किसी दुर्गंधयुक्त जल से करना परिष्कृत देना शुष्क पाँस,
मैंने कहा... यह नहीं अस्पृश्य अर्ध नग्न अल्प गलित मृतक
तुम्हारी रुग्ण मानसिकता की नहीं है अब जागतिक उसाँस

उसने पुनः कहा... वीभत्स दृश्य के... इस प्रातः काल में
स्वयं की प्रतिछाया क्यों है अदृश्य... क्यों है यह दारुण?
तुम थीं सत्य... मैं लज्जित... दैवीय स्वीकृति के अंतराल में
नहीं देखी पवित्र प्रतिमा अथवा जीवंत देह का क्षत करुण।

मैंने कहा ईर्ष्या धूम्र से मृदु मलय भी... है होता विषयुक्त
मैं थी... हूँ... रहूँगी... सदापर्णी... वह्निप्रिया मैं रहूँगी शुक्त।

❖❖❖

25. मैं ही कथा... मैं ही व्यथा

मौन परिभाषा रही मैं सदा, मुखर हुई जब... लगता रहा ग्रहण
तुम्हारे अहंकार की सौरछवि पर तब जागृत हुआ आधिपत्य...
स्वीकारा नहीं तुमने शुभारंभ मेरी स्वाधीनता का, न ही प्रसरण
यह नहीं थी तुम्हारी परिधि अथवा... नहीं था जिह्वा का सत्य।

क्षमा की क्षमता में थी वीभत्स आसक्ति मैं स्वयं में थी... निरुत्तर
शब्दों को नहीं मिली ध्वनि कभी... कभी तुम रहे नित्यशः बधिर...
मैं शृंगो में... करती रही अनुसरण आयु का, जो रही सदा अनुत्तर
जीवन का अपराह्न रहा उद्विग्नया बहता रहा... यामा का रुधिर।

सर्वशेष... मैं थी... थी व्यथा मेरी... थी मेरी अपूर्ण-सतृष्ण गाथा
न में दे पाई विज्ञप्ति कभी न तुम कर पाए मर्म का आविष्कार
एक बूँद अश्रु थी मैं... अग्निकुण्ड में जैसे दग्ध होती प्राचीन प्रथा
किंतु हुई रचित ग्रन्थावली आश्रित नारीत्व का असंपूर्ण... विस्तार।

हे शिथिल भूमि! हे, तप्त वायुमंडल! हे, क्षुब्ध क्षुधित वीरत्व..!
क्या सदैव रहेगा बन दंशित कारण... स्त्री स्वरूप का तरल तत्त्व?

❖❖❖

26. हम... तुम... मैं

नदी के इस तट पर हम... उस तट पर प्रेम... धूल व नीर से भरा
अस्तमित सूर्य... अरुणाभ एवं कोमल स्पर्श स्वर्णिम वीची का...
इस तट पर दो उदास प्रतिछवियाँ... बिंबित अल्प श्याम-जल पर
दोनों की अँजुली में श्वेत-नील पुष्प एवं विस्तारित आंशिक कुहर।

आकाश की सीमा बढ़ती जा रही थी दूर... देहद्वय को छूते हुए
मौनता थी उस तट पर भी... हमें नहीं था जाना, स्मृति भूलते हुए
उड़ते पंखों की पीठ पर रख कर अतीत की समस्त स्मृतियों को...
नहीं छूना था... नहीं छूना था वर्तमान को एवं इन नीतियों को

वाहित हो रही थी सांध्य द्युति में एक रिक्त किंतु रुदित कहानी
गोलाकार परिधि में भर रहा था उमस एवं तप्त श्वास अभिमानी...
"कहो!" कहकर उद्विग्न हुई उर्मियाँ... कि सिक्त हुआ शून्य दृगंचल
आकाश के आलिंगन में सिमटे मेघों का अवकुंचन व स्पर्श तरल

नदी के इस तट पर कोई चिह्न नहीं, किंतु वह तट हुआ था तमस्वी
'हम' हुआ था पृथक...'तुम' के भग्नावशेष में 'मैं' रहा बन तपस्वी ।

❖❖❖

27. अनाहूत

निश्चिह्न कर दो इन पद रेखाओं को
कह दो... संसार को आह! न कहे
उन्मुक्त कर दो घृणित पक्षियों को
कह दो अश्रुओं को रक्त सा न बहे।

निष्ठुरों की कारा में किया विषपान
मैंने प्रतिदिन दी है प्राणांतक परीक्षा
कह दो...निर्जीवों को... हों गतिमान
दैहिक-दाह में है अब अल्प प्रतीक्षा।

कर रहीं प्रस्थान निमंत्रित व्यथाएँ
समाप्ति की घोषणा में हैं पंचभूत
उद्विग्न पवन में जल रहीं कथाएँ
कह दो... समाज से मैं थी अनाहूत।

न... न... मैं नहीं हूँ आज अभिशापित
हो रहा मुझमें एक शून्य पुनर्जीवित।

❖❖❖

28. प्रेम पर्व

संध्या हुई निर्वस्त्र अंकबद्ध किया तरुण दिवाकर,
कर अवलोकन सिंदूरी संगम स्फुटित हुआ इंदीवर,
खगदल नीड़ त्याग तृण-मृण-जूर्ण किए एकत्रित
मृदु समीरण में लतिकाएँ हुईं... मुदित... सम्मिलित।

अभिप्राय में प्रेम... प्रेम में निवेदन... निवेदन में स्वप्न
हुए जागृत। मृणाल-मृणालिनी हुए उष्णता में मग्न-
मृदु भाष में ललित हास में संगमित मुकुल अलिंद-
आहा अरुणित अंबर से रक्तिम हुआ प्राक् कलिंद।।!

विस्मित हूँ प्रिय! यह तरल प्रवाह... यह मधुर उमाह
ईप्सा कल्लोलिनी... करती स्पर्श... हो रहा है देह-दाह
मन-मृदंग... न होता स्थिर... पुष्पों पर जैसे बूँदे अस्थिर...
व्यथित है तुम्हारी अनुपस्थिति में जैसे तृषित शिशिर।

इस प्रेम पर्व की मूर्च्छना में हो रही आर्द्र... इरा प्रणयिनी
लज्जानत मैं भी माधवी लता सी... कृष्ण-मनमोहिनी।

❖❖❖

29. प्रतीक्षा

प्रेम की प्रतीक्षा में तपोवन की तपस्विनी कह रही क्या, सुन!
मेदिनी वक्ष में कंपन मंद-मंद... ऐसी है तेरे... स्पंदन की धुन
बूँद-बूँद है शीतल-शीतल तेरे स्पर्श से सरित जल कल-कल
मंदार की लालिमा से क्यों दमकता तपस्वी का मुखमंडल?

रहे तम संग जैसे शृंग गुहा में खद्योत ऐसे ही रहूँ त्रास संग
अयि! तपस्वी, मंत्रित कर अरण्य नभ, भर वारिद में सप्तरंग
शतपत्र पर रच काव्यचित्र मेरी काया को कर... अभिषिक्त
अयि! तपस्वी...त्रसरेणु सी विचरती...कर स्वप्न में मुझे रिक्त।

कह रही तपस्विनी, तपस्वी हृदय की... यह अतृप्त तरुणी
रौप्य, पटल पर कर चित्रित मुग्ध मर्त्य-दे दो मुक्त अरुणी!
तपस्या हुई तृप्त, नहीं है क्षुधा का क्षोभ क्षरित स्वेदबिंदु में,
समाप्ति के सौंदर्य से झंकृत बह रही निर्झरिणी सिंधु में।

अयि तपस्वी! मोक्ष की इस सूक्ष्म धारा में है समय, कर्ता
स्मृति सहेजती तपस्विनी के द्वार पर मोह है मनोहर्ता।

❖❖❖

30. तपस्विनी

ज्योत्स्ना स्नात मैं स्वप्नसुरभि... हूँ प्रणय निवेदित कविता
मैं उल्लसित काव्य मधुर...तुम्हारे सिक्त हृदय की असिता
प्रतीक्षारता मैं युगों की यामिनी, निशा-तट की मौन रमणी
तुम अतृप्त अपूर्ण कथा-नायक, तुम प्रेम सागर की तरणी।

केश के... कुंतलन में शब्द-प्रेम...गुप्त सदा ही मैं हूँ रखती
रूप लावण्य में मृदु स्पर्श का शीतल चंदन... नित्य भरती
मैं तुम्हारे मन दर्पण की छवि... तुम नैश नभ का छायांक
प्रिय!... मैं तृषित अप्सरा...तुम हो मेरे प्रतीक्षित मकरांक।

स्रोतवती मैं अविरल बहती... लिए संगम की इच्छा प्रबल
व्रत प्रेम का युगों से पालती... पी रही हूँ अपेक्षा का गरल
रसोपल तुम मेरे जीवनार्णव के... मैं तुम्हारी चिर तपस्विनी
तुम युद्ध में ध्वनित शंखनाद, मैं ज्येष्ठ में कुहुकती कलापिनी।

आओ, प्रिय! आज पीतपट पर लिए तारिकाओं की रौप्याभा
स्वर्णजल से मुख कर प्रक्षालन, करूँ सुवासित सुमन-शय्या।

❖❖❖

31. तुम कहो.. मैं लिखूँ

मैं जीवन लिखता हूँ तुम मृत्यु लिखो, मैं उत्तर लिखता हूँ तुम पश्चिम लिखो
संताप का अर्थ एक ही है... जीवंत हो अथवा मृत... अभिशाप भी एक ही है
स्वतः आ जाए गीत तो... हर्ष व उल्लास लिखो... अथवा अधर रक्तिम लिखो
सीमाओं में परिबद्ध आशाओं का...ध्वस्त होने की कहानी...अनेक भी हैं।

कोई भी पर्व तुम्हे यदि प्रेम पर्व प्रतीत हो... मेरी प्रतीक्षा ही होगी चतुर्दिश
तुम म्लान मुखमंडल से न देखना दर्पण... गवाक्ष पर होगी एक प्रतिछाया
उस प्रतिछाया की भाषा में मेरे कुछ अक्षर होंगे, उनकी ध्वनि होगी अहर्निश
तुम कहोगी 'मैं गाती हूँ गीत..तुम सुनो'...मैं कहूँगा 'तुम्हारे शब्दों में है माया'।

उस मायापाश में होगी मेरी आत्मा बद्ध...करूँगा प्रश्न मैं 'क्या यह था छल?'
तुम्हारी मौनता से अजंता की मूर्तियों में होगा कंपन...क्या तुम रहोगी मौन?
कहूँगा, 'न तुम जीवन लिखो...मृत्यु नहीं है समीप, न है इसकी कामना सरल'
क्या तुम तथापि रहोगी मौन?... इस जम्बूद्वीप में प्रेम से सिक्त...होगा कौन?

इस उत्सव को कर मुखरित...प्रणय पाश में कर बद्ध...तुम हो जाओ जीवित
मानवरूप में दैवत्य हो किंबा दैत्य... इस काव्यकलश में रहेगी मृत्यु निश्चित।

❖❖❖

32. प्रेयसी

लता सी जड़ जाती हूँ यदि तुम्हारे अंग से
नदी सी तीव्र बह आती हूँ यदि लीन होने
पुष्प सी महक जाती हूँ यदि मन मृदा पर
सुधा सी तुम्हारे वाक्यों से यदि जाती हूँ झर,

तड़ित सी दीप्त करती यदि... तुम्हारा गगन
चंदन सी यदि शीतल करती तुम्हारा तन...
मदालापी की धुन सी यदि तुममें हूँ घुलती...
स्वप्न सी पक्ष्म में तुम्हारे यदि सदा विचरती,

श्वास में तुम्हारे यदि होती अस्त होकर उदय
ऊषा सी यदि अधरों में रहती बन अनुनय...
चिता बन यदि श्मशान को करती सुवासित
बन चन्द्रिका यदि मैं तुम्हे करती आलोकित,

अतएव... मैं हूँ केवल प्रेयसी... हूँ अभिसारिका
तुम्हारे स्वर्ग की रंभा... मैं तुम्हारी नीहारिका।

❖❖❖

33. शय्या : चिता

नयन तुम्हारे भ्रमित...भ्रमर... आकांक्षाएँ मेरी अप्सराएँ
परागों में लुप्त सुवासित प्रेम कहीं तुम्हे न करे अपिहित
मैं रखती एकाकी हृदय में घन कुहेलिका की कणिकाएँ,
तुम कहीं मृगतृष्णा तो नहीं? क्यों हो हंसहृद में अविदित।

न मैं कूची...न तुम हो अक्षर, रच रहा क्यों आद्य इतिहास?
मेरा अवयव स्वर्ण कमल सा...है मुदित मेरा यह जलभाग
तुमसे बिखरती अर्क रश्मियाँ...करती क्यों मेरा परिहास
यदि तुम हो शिव...तो मलयज हो जाए मेरा यह अंगराग।

प्रतिबिंब मेरा प्रणय में प्रलिप्त...किंतु प्रलांबित प्रश्नावली
है मोहरात्र की पदावली। मेरे कर्णपट पर गुंजित यह नाम
तुम ही हो मोहना... एकाकी मन में स्वरित मृदु तरंगावली
स्मृति-प्राचीन, पीड़ा-अर्वाचीन...स्थिर दृगों में है स्वर्गकाम।

हे मोहना... पूर्वरात्रि की वासमय शय्या अथवा मेरी चिता
है कौन सी अधिक उष्ण? करूँ समर्पित मेरी अनुगामिता।

❖❖❖

34. स्वप्न-प्रेम

आज उदीची की सुगंध में आ रही थी तुम्हारी स्मृति
मैंने कलिकाओं में सहेजकर...यहाँ कोहरे का घनत्व
रख दिया...कह दिया प्राची से-सुन लिया अदिति
कि अनुराग से पूर्ण हुआ...प्राप्त हुआ मुझे अमरत्व।

तुम्हारे वांछित स्वप्नों को दिया... स्वस्वप्न का आकार
किंतु वीणा की धुन में कैसे, क्यों हो रही थी मैं द्रवित?
शेष रात्रि थी...जब तुम्हारे स्वप्न गए... अश्रुओं से हार
मैं हुई थी आल्हादित व मेरी शिराएँ हुई थीं सुरभित।

तुम्हारे हृदय के निभृत कोणों में मैं ही हूँ मूर्त प्रतिमा
सदैव होती रहूँगी अब मंत्रित...रहेगा यह मृदु बाहुपाश
समस्त प्रश्न होंगे जागृत...मेरी संपूर्णता में होगी द्युतिमा
गुंजित होंगी अस्थियाँ... गूँजेगा मेरा एक मात्र आकाश।

यही तो है प्रेम, मोहना! तुम्ही से आरंभ... तुम्ही से अंत
जब तुम होगे निदाघ तो.. मृत्युमुखर हो जाएगा वसंत।

❖❖❖

35. प्रेम पर्व

मंदर पर सप्तरंग का आँचल सखी, कि... उत्सव गीत गाओ
मदमत्त भ्रमर करे पुष्प संग प्रीत... कृष्ण रास संग रच जाओ
मुग्ध है मन आज...है स्निग्ध किरणों में हुआ सम्पूर्णतः तन्मय
रूप यौवन का हो रहा तीर्ण...गमक रहा, वह कर रहा अनुनय।

प्रेम हो रहा व्यक्त सखी... कि रक्तिम हो रहा प्राच्य आकाश
स्वप्नगुच्छ हुआ स्फुटित...शतदल के सरोवर में आया प्रभास
पीत रंग ने किया स्पर्श... मुखमंडल हुआ स्वर्ण सा अरुणित
मंदमंद स्वर में कहा प्रेम ने- 'सुनो प्रिया तुममें मैं हूँ प्लावित।'

इस नगर में नहीं रहा जीवन यदि स्वर्गीय-संभव किंबा सरल
यदि वसंतकुंज में भी समस्त पीड़ाएँ रहीं सदैव ही जलाहल
कोई प्रतिवाद नहीं होगा... न होगा वेणु-ध्वन न होगा वंशीवट
दृगोपांत में अश्रुमिश्रित परागरेणु से सिक्त होगा कालिंदी तट।

प्रेम पर्व की वर्तिका हुई प्रज्वलित... कि जीवन हुआ फाल्गुन
इस मन के कोण-अनुकोण- में गूँज रही गीतप्रिया की धुन।

❖❖❖

36. प्रेम पर्व

हो रहा समाप्त एक वसंत... एक चैत्र... एक शताब्दी...यह पर्व,
शितीकंठ के नृत्य में है वेदना... वेदना से सिक्त कुंज-निकुंज
अदृश्य होता दिगंत... दिगंत की कृष्णिमा में व्यथा की अनुगूँज
क्यों हैं निःशब्द समस्त नद-नदी, तरु-पल्लव, अप्सराएँ-गंधर्व?

इंद्रधनुषी माया में वितृष्ण मन... मन की भूमि पर स्मृति-लतिका
युगों की प्रतीक्षा में अर्धमृत अभीप्सा...अभीप्सा में शून्य आकाश
कैसे करूँ विस्मृत श्रावण की प्रथम बूँदें... बूँदों में तुम्हारा सुवास
अमावस्या सी स्वप्नरिक्त रात्रि... रात्रि में दग्ध होती प्रणय वेदिका।

नहीं करूँगी अब से शृंगार...शृंगार में न होगा कभी प्रेम अभिसार
जीवन होगा अद्य शैवाल की शय्या... शय्या-सुमन होंगे प्राणहीन
चतुर्थ प्रहर होगा शेष आलिंगन... आलिंगन में आत्मएँ होगीं लीन
मरीचिका सी प्रतिछाया से रहेगी पृथक..तप्त तविषी का आकार।

ईंगुर-धौत शैल शीर्ष...शर्वरी की प्रतीक्षा...कौन है नीरव...निरुत्तर?
प्रेम-पर्व की ऋतुओं में काया हुई विभक्त...तीर्ण है शून्य चक्षु विवर।

❖❖❖

37. रिक्त मेघ

क्या है तुम्हारी इच्छा? प्रेम से अलंकृत प्रतिज्ञ मन?
अथवा क्षुधित देह की अग्नि व असीम दीर्घ दहन?
शून्य ग्रह से प्रतिलंबित एक सूक्ष्म अल्प अध्वर
होता विस्तृत किंतु तुम्हारी दृष्टि से रहता अगोचर।

शैल शीर्ष को कर स्पर्श यदि शीकर होता लज्जानत
क्यों न मेरी तरल तल्लीन ईप्सा को मिले अनुमत–
कि प्रकृति के परिधान में अवयव हो जाए कपास
पृथक हो जाए आर्द्र संध्या से वनरूह का रास।...

दूर्वादल की क्या होती है प्रतिछाया? नहीं होती...
रहती है नील नभ की आकांक्षा में मग्न एक कपोती
उसके नीड़ में हैं कुछ शुष्क पर्णों के जीर्ण शरीर
नहीं करती प्रतिवाद...रिक्त मेघों का न बहाती नीर।

वैसे ही क्या है तुम्हारी इच्छा? सुगंधित हृदय?
अथवा उष्ण श्वास में अपेक्षारत अर्धदग्ध निलय?

❖❖❖

38. व्यथा का शृंगार

श्याम-वर्ण सी व्यथा... श्वेत वर्ण से स्वप्न
इस दूरत्व में हुए हरित... शोण से क्षरित
कस्तूरी सी इच्छा स्पंदित... सदैव... गंधित
किंतु मौन नहीं... है इसके कंठ में निस्वन।

इस युग में भी एकपर्णी मैं द्विपर्णी... कथा
स्त्री पुरुष-की सभ्यता में बनी हूँ... संदेह
मैं कहूँ-सभी नीरव... अभिशाप सा स्नेह
मेरी प्रत्येक स्थिति है व्यथा... केवल व्यथा।

सुप्त शुक्ति में ऊषा-शुभ्रा... मुक्ति-कामना
में रत।... देव-वेदी- पर दीप्त है एक दीपक
कि स्वतः आ जाए कृष्ण हंस पर... चंद्रक
तम के तप में न लुप्त हो जाए... प्रार्थना।

सम्मिलित स्वर में उठे हैं जलधि में ज्वार
कि उद्वेलित व्यथाएँ करने लगी हैं शृंगार।

❖❖❖

39. वर्षा-पुष्प

वैशाख में भाव तप रहा कोपलों में लिए आर्द्रता यहाँ...
स्तीर्ण रहता है चैत, पीपल की शाखाओं पर जब वहाँ
किरणें होती मौन यहाँ तथापि, मूक न रहे संवाद तुम्हारे
लिखकर कविताओं में भर देना... हृदय में शब्द सारे।

शायित इच्छाओं को रखती जब मैं इन सिक्त पक्ष्म पर
एक... दीर्घ प्रतीक्षा रहती गवाक्ष पर, लिए शून्य अध्वर
भस्म भर नेत्र में शेष प्रहर का जब... यहाँ होता है अंत
अस्तित्व का कर विसर्जन... पुनः करती प्रतीक्षा अनंत।

यहाँ वर्षा बूँदों से जब... उर्मिल सरिताएँ होती तरंगित
वहाँ तुम भी हो जाना तीर्ण कि... हो जाऊँ मैं सुगंधित
फाल्गुन वहाँ मुरझाए यदि यहाँ वर्षा पुष्प जाएँगे बरस
विक्षत होगा पदतल मेरा यदि वहाँ पथ पर होगा तमस

यह प्रेम है शिलाओं पर लिखित वह अपूर्ण चित्रकथा
जिसमें है केवल कल्पित सामीप्य की अजस्र गाथा।

❖❖❖

40. मंच

कहीं से... किसी अरण्य से... अंतरिक्ष से
आती हुई ध्वनि में करुण क्रंदन के अर्ण,
होते क्षरित बारिदों से कई... क्षत क्षिति के,
होते रहे निरुत्तर... विक्षिप्त, कई हुए विवर्ण

किसी ने नहीं किया विश्लेषण इस क्षत का
किसी ने नहीं किया आश्वासन को निमंत्रित
ध्वंस लीला में अस्तित्व हुआ कंकाल सा
दृश्य में विलाप... विलाप में हुआ वक्ष मंथित

यह मंच होगा शून्य यह... समय भी है विधुर
नहीं होगा कोलाहल के वाह्य आवरण पर
समय का प्रहार... अभिनेत्री भी होगी आतुर
शून्य मंच ही होगा... अभिनय का अभिसर।

मयूर सी रंगीन व्यथा से मंच हुआ रंगमय,
स्वप्नहीन रात्रि के... अश्रुपात में है अनुनय।

❖❖❖

पीड़ा-पर्व

सॉनेट-1

प्रबल पीड़ा का प्रलाप है, अमर्त्य का यह असह्य विलाप है
जीवन लाक्षा गृह सा ऐ स्वार्थी! अक्षर अंत का शेष संलाप है
क्षत का क्षितिज है विस्तृत...है मृग...माया का ही अधिकृत
आज तपोवन में है गहन तमस... स्निग्ध ज्योति हुई परावृत्त ।

मंदार सा रक्तिम हो जाओ... हे! अश्रु रक्तशय्या पर सो जाओ
मुग्ध नक्षत्र है निद्रित...मंदिर की मौन मूर्ति सा तुम हो जाओ
चन्द्रिका में झरते अग्निकण... त्रिताप से तप्त हुए पुष्पगण
भ्रमर भ्रमित स्वभ्रम में... निशीथ में हो रहा अब स्वप्न क्षरण।

प्रथम पद में मैं व्यथा कामिनी... द्वितीय पद में मैं तपस्विनी
सिंधुमग्ना स्रोतस्विनी... मैं हृदय ह्रद की... श्वेत चारु हंसिनी
क्षण-क्षण के घोर निनाद में...भू-गर्भा हुई हूँ मैं अंतर्नाद में
स्वर शून्य अभ्र में... निर्वस्त्र निशि सी हुई...बद्ध अपवाद में।

करो त्राण... दो निर्वाण, श्रापाग्नि में है दग्धित काया अप्राण
समाप्त हो...समाप्त हो...प्राचीन प्रथा का यह प्रश्न-पुराण।

❖❖❖

सॉनेट-2

अशांत हृदय से प्रकृति की वेदना पर्यंत
क्या करूँ अवलोकन, पृथ्वी का अंत?
जलभाग के वाष्प में अश्रु का मिश्रण
स्थलभाग की भंगुरता में सत्त्व के कण?

क्या करूँ अवलोकन मेघों की रुक्षता,
अथवा शुष्क पर्णो की मिथ्या मुदिता?
पर्वतों के क्रंदन में वह आस्मिक पृच्छा
अथवा रात्ररोदन का मृत करुण इच्छा?

होता है मेदिनी वक्ष तभी मृदु स्पंदित
जब रहते हैं लता-पल्लव सदा हरित
अस्त होता, श्रृंगों की प्रतिछाया में सूर्य
आगत पीड़ा लिए गुंजित आत्म-तूर्य,

देवालय के प्रांगण में समस्त भावनाएँ
बन सन्यासिनी त्याग दी सर्व कामनाएँ।

❖❖❖

सॉनेट-3

हृदय की भाषा यदि हो जाए अभिव्यक्त अनायास
तो केवल शब्द ही रह जाएँगे जिह्वा का स्वाद पाने
संवेदनाएँ वाष्पित होंगीं कुहेलिका में बन उपहास
अर्थहीन होगा स्वर्ग, मृताशाएँ जाएँगी कहाँ न जाने!!

किसी चंचल तटिनी तट के...पत्थरों को समेट कर
बह जाएगी ऐसे ही मेदिनी पर...एक प्रश्न प्रवाहिका
स्रोत के आघात में हुए... क्षत-विक्षत तप्त वक्ष पर
सिमट जाएगी अंतिम प्रहर में... एक भाव शुक्तिका।

विद्रूप लगेगा विधु विभोरित गीत...होगा मोह-मुक्त
रजनी मिलेगी रुक्ष रौद्र से...श्वास में होगा तीव्र ह्रास
मधु में मिश्रित होगा विष...ध्वनियाँ होगीं गरल-युक्त
न लुप्त हो पाएगा कभी इस जीवन से तृषा का त्रास।

उक्त-प्रयुक्त का यह पीड़ा पर्व है... असह्य अतिशय
है ऊषा व्यथित...मध्याह्न भी उद्विग्न... निशा निराश्रय।

❖❖❖

सॉनेट-4

कदम्ब कुंज की कृष्णप्रिया सी कविता कुमुदिनी
महोदधी की माया में मुदित... मनमग्ना मृणालिनी
कहो प्रिये! क्या पीड़ापर्व की निरंजनी ही है नियति?
हे मर्त्य की मृण्मयी! क्या मध्याह्न ही है शेष विरति?

देखो! सप्तस्वर के आरोह-अवरोह में है विलय
हो रहा स्पंदित...काया कारागार में बद्ध हृदय
हिमाद्रि शीर्ष पर मन-मयंक करता देखो! विचरण
पीड़ाग्नि में दग्ध होती प्राजक्ता को देखता प्रतिक्षण।

इस पीड़ा-पर्व में... क्षत का नहीं नाटकीय अवसान
बारंबार उन्नीत यवनिका से मंच नहीं होता अदृश्यमान
श...ई...ई...ई में कोई अर्थ नहीं रक्त रंजित रमण का
इस पीड़ा-पर्व में कोई अर्थ नहीं आत्म-रवण का।

यंत्रणाओं का तोरण...अश्रुओं की यह पुष्पवृष्टि
इस पर्व का अंत, स्यात्, न हो...न हो शेष अनंत इष्टि।

❖❖❖

सॉनेट-5

प्रियतम! उर्मियों की उद्वेलित काया में मैं भी हूँ
अन्वीक्षा में उद्विग्न खगिनी की पीड़ा में मैं भी हूँ
प्रथी की प्रतित में मेरा प्रतिबिम्ब जब होता क्षुद्र सा
तब श्राप से जर्जरित अतीत लगे शुष्क समुद्र सा।

मत्स्यकन्या सी कल्पना में अंतर्हित होती भावनाएँ
शताब्दी के छल में क्यों होंगीं पक्षहीन कामनाएँ?
प्रतीक्षा नहीं करती अब मैं किसी दिव्यता की
कोई सीमा नहीं... देहद्वय में कृत्रिम निविड़ता की।

जिस दिशा में गया था समीरण लिए हृदय की सुगंध
उस दिशा से निदाघ का नत-नभ लिख रहा पद्मबंध
यहाँ श्रावण की तरलता में भी लावा सा लगे श्वास
समस्त अग्नि क्या मुझमें है? इस पृच्छा में दग्ध उजास।

सखी री! मूक हो जाऊँ? शून्यता में हो जाऊँ द्रवित?
पीड़ा पर्व की समाप्ति के पूर्व क्षिति में हो जाऊँ समाहित?

❖❖❖

सॉनेट-6

स्वप्न विमुख रजनी, श्वेत हंस पर
हो रही व्यतीत, वक्ष में शोक भर
आकाश के आलिंगन में मेघावरी
कटिबंध में जैसे करंबित वल्लरी।

मोह मुक्त नहीं हुआ है ऊषाकाल
शय्या के कुंचन में स्मृति -उत्ताल
तुम हो नीरव...है दिवस संन्यासी
अनंत प्रतीक्षा में...हृदय मधुमासी।

उत्सव-मुखर है देखो, समस्त ऋतु
तप्त वैशाख सा...मेरा जीवन किंतु
तट की संध्या लगे सिंदूरी एकाकिनी
लगती मेरी इच्छा सी...अभिमानिनी।

आओ, प्रिय! करो मेरा मान-भंजन
पीड़ा-पर्व में सिक्त हो रहा दृगंजन।

❖❖❖

सॉनेट-7

मैंने कहा ही नहीं तुम्हारे स्थलभाग से दे दो एकांश
मैंने माँगा ही नहीं तुम्हारे वृक्ष पर बनाऊँ एक वृत्तांश
मुझे स्वीकार है जलभाग मेरा व मेरे समग्र जल
जिसमें मेरी विवक्षा रहती मौन...व तुम्हारी घृणा-गरल।

तुम्हारे स्थलभाग की प्रत्येक वस्तु छल में करती स्नान
तुम्हारे मिथ्या में जीवन है असंभव... लगे तीव्र अपमान
तुम्हारा अंबर मेघहीन मरुथल सा...एक भयावह वन सा
किंतु मेरा नभ तीर्ण वारिद सा...एक रंगीन स्वप्न-घन सा।

हो नहीं रहा शेष पीड़ा पर्व तुम्हारे ग्रह में क्यों कहो?
क्यों कहते हो मुझे 'तुम सदा श्रावण-ऋतु में ही रहो?'
कादंबरी के कज्जल में यामिनी होती प्रगल्भा प्रगाढ़
जैसे असंख्य घात से हो रहा क्षताक्त अतृप्त आषाढ़।

प्रिय! अनुरोध... अनुरक्ति से ऊर्ध्व है अन्य एक आख्यायिका
मेरे अव्यक्त शब्दों में ढूँढ़ लेना, भविष्य की रूपसी नायिका।

❖❖❖

सॉनेट-8

प्रत्यावर्तन की कोई आशा नहीं, न है स्वप्न
सिंधुतट पर स्वर्णिम जल में एकाकी मग्न
निहारूँ भूरे बादलों को...रजत उर्मियों को
पदचिह्नों को, अस्तमित सूर्य-रश्मियों को।

यक्षरात्रि की स्वल्प श्वेतिमा में बन हंसिका
प्रतीक्षारता मैं, शून्य शिवालय की उपासिका
पर्वतों के शीर्ष पर, रक्तिम अग्नि का आवरण
नीरव-निरुत्तर तपते रहते हरित आभूषण,

एवं मेरे प्रांगण में विचरता एक नील विहंग
नहीं स्वीकारता, नहीं भरता मन में सप्तरंग
हाँ! पीड़ा पर्व का प्रति क्षण है शब्दातीत
प्रत्येक कण है क्षताक्त...रुदित भयभीत।

नक्षत्रमंडल में, आओ! 'आह' का मूर्धन्य
यह पूर्णविरति है, हो जाओ! अरुष-अनन्य।

❖❖❖

सॉनेट-9

अत्यंत कठिन है... इस जीवन को करना यूँ परिभाषित
अकारण द्विधा में व्यतीत होते क्षणों को करना सुरक्षित
मृत्यु तो किसी पत्र का नाम नहीं अथवा नहीं है अतिथि
कि आज है...कल भी रहेगी... रहेगी अपरिवर्तित स्थिति!!

है आयु संपूर्ण ऐन्द्रजालिक प्रहसन... व अनिश्चित प्रहर
द्रविभूत पीड़ा की अग्नि में जैसे दग्ध होता..लौह प्रस्तर
इस गोलार्ध में होता वर्षा का उत्सव..उस वृत्तार्ध में माघ
त्यागकर आर्द्र-आभूषण...ओढ़ता जब वह वस्त्र-निदाघ।

वैराग्य है जब वृक्ष में... लतिकाएँ भी होतीं हैं अति जीर्ण
एकमात्र प्राण पर्ण...हो जाता पीत वर्ण...एवं है होता दीर्ण
अरण्य की नीरवता में प्रलंबित कृशकाय सा यह विकार
उष्ण अपराह्न में जब रहता सुप्त, मन में भरता... अंगार।

यह पर्व यदि है अनंत पीड़ा का, शताब्दी कन्या अनायास
लिए तरलता नेत्र-विवर में, रचेगी अन्येक पृथ्वी का व्यास।

❖❖❖

सॉनेट-10

मेरे वाष्पित दृगों में न ढूँढों प्रत्न इतिहास की देवियों को
मूक मिलेंगी तुम्हे उनकी आर्द्र सिहरन, प्रश्न भी न करना
मुझे निचोड़ कर, मेरे रक्त से रिक्त हृदय सरोवर न भरना
कदाचित तुम्हे करना होगा विस्मृत अतीत की रीतियों को।

नहीं हत्या कर पाओगे तुम पुरातन पीड़ा की, महात्याग से
संन्यासी बनना यदि सहज होता तो तुम न होते विश्वामित्र
न लांघते अस्थियों के अंतर्नाद को...देह का वह वासित चित्र
वास्तव में, ...निर्वाण प्राप्ति है कठिन इस अबाध्य पूर्वराग से।

वर्तमान समय की धारा, शून्य की दिशा में बढ़ती जा रही
कौन होगा इस महाप्रलय में परिमुक्त कौन होगा द्रवीभूत?
अनंत विस्मय में समस्त श्वास लिए ब्रह्माण्ड भी है घनीभूत
एवं यवनिका समाप्ति, की घोषणा कर शेष संगीत गा रही।

अब तुम न ढूँढों उस तपस्विनी को, है तुम्हे अंतिम अनुरोध
दुर्ग विश्वास का हो चुका है ध्वस्त, करो आत्मा का परिशोध ।।

❖❖❖

सॉनेट-11

इतनी शून्यता न भर जाए कि अदृश्य हो जाए अस्तित्व
वितृष्णा के जल में... न मग्न हो जाए कहीं यह कवित्व
हृदय की पीड़ा दग्ध होकर... हुई व्यतीत समय सहित
किंतु पीड़ा के चिह्न न रह जाए जर्जर आयु में जीवित।

असीम वेदनाओं के मेघों से उभर आए यदि मुक्त चंद्रमा
तभी मैं मानूँ-शेष हुई क्षितिज में यंत्रणाओं की परिक्रमा
निर्जीवों में प्राण का अन्वेषण है असंभव, करती हूँ तथापि
भ्रमित मन से यह अप्रश्न तिरोहित... है नहीं होता कदापि।

जिस दिशा में प्रलंबित होती रही है चेतना की यह चौहद्दी
उसी दिशा से...मृत्यु-गंध न आए- अंत हो जाए शताब्दी
सप्तद्वार को कर ध्वस्त... हुए स्थापित जो ये.. सप्त द्वीप
दृष्ट होगा शब्द समुद्र भी... कभी कौमुदी भी होगी समीप।

यह अमृतमय शतदल है... प्रिय! मधुवारि में हुआ है सिक्त
कहीं मरीचिका न बन जाए, पुनः यह हृदय हो जाए रिक्त।

❖❖❖

सॉनेट–12

क्या मैं अज्ञात हूँ इस कंपन से?
क्या मैं अज्ञात हूँ इस मंथन से?
किस दिशा में है तीव्र धावित मन?
किस दिशा से आ रहा पीड़ित स्वन?

क्या मैं इस आघात से हूँ व्यथित?
क्या मैं हूँ क्षताक्त व हूँ रक्तरंजित?
वीभत्स मेरा दृश्य था अथवा रंग?
करुण मेरा रुदन था या मृदित अंग?

क्या मैं हूँ गुप्त गुहा का सुप्त संवाद?
क्या मैं कलंकित निशा का प्रतिवाद?
क्या मैं थी शेष श्वास की अनुध्वनि?
क्या मैं थी अशांत ग्रह की शापाग्नि?

कैसे हुई मेरी यह काया अभिशप्त?
पीड़ा के इस पर्व में कौन है अनुतप्त?

❖❖❖

सॉनेट–13

क्या कह दिया तुमने कि... पर्ण लगे शुष्क होने
रक्तिम अंबर से सहसा... झरने लगे रुधिर बिंदु
नीड़ हुआ शून्य... तिमिर से धूम्रकण लगे उड़ने
तप्त हुई मंदाकिनी, तरल हिम से पूर्ण हुआ सिंधु।

क्यों कहा? क्या अंबुद में थीं अतीत की उल्काएँ?
क्या आत्मान्वेषण से... हुए तुम अकस्मात रुक्ष?
क्यों कहा? क्या पद्म पुष्कर में लुप्त हुई कामनाएँ?
क्या वसंत के आगमन से पुष्प-शून्य हुआ था वृक्ष?

क्या भग्न कोणार्क के प्रश्नों से क्षताक्त हुआ था क्षर?
क्या अश्विन की सुगंध में... शिशिर हुआ था उष्ण?
क्या कह दिया तुमने कि नक्षत्र हुए स्तब्ध निरुत्तर?
क्या अध्वर के अधर पर सिक्त भाव भी हुए तृष्ण?

तुम इन प्रश्नों में रहो मौन, ये प्रश्न हैं समुद्र-मग्न शुक्ति
क्योंकि तुम्हारी इच्छा ही है मेरी प्रथी से परिमुक्ति।

❖❖❖

सॉनेट–14

पत्थर है पथ पर ओढ़कर बढ़कर जुड़े हुए कई पत्थर...
शीश उठाए आकाश पर चढ़कर यह पत्थर गया है भर
है क्रंदन...हृदय का बंधन... व्यथा का स्पंदन...करे कंदन
जीर्ण पर्णों पर लिखे अर्णो से...कई वर्णों से स्व गंजन।

यह शिवालय देखता नित्य महाप्रलय...मौन कुवलय..
विलयन में मर्त्य-अमर्त्य... ध्वस्त होता जाए किसलय
हाय! यह मद...सघन होता वनद... तृषित रहता नद
शब्द सिंधु में होता लीन। शून्य वन में रहता भ्रांत छपद।

रौद्र का संताप द्रुमदल का परिताप... अवयव में उत्ताप...
सरीसृप सा जीवन...मंथर गति से बढ़ता करता प्रलाप
न मन में श्रांति...पथिक की क्लांति सी है कैसी अशांति
शर्वरी की पदचाप बन वृत्तचित्र स्मृति में जगाती भ्रांति।

स्नायु की आयु... हो रही है क्षीण प्रति क्षण प्रति दिन
प्राण की पीड़ा...अज्ञात सभी को.. क्षत-ऋतु नहीं है भिन्न।

❖❖❖

सॉनेट-15

तुम सत्य को रखो मिथ्या के गुहा में...मैं मौन रहती हूँ
तुम करो विस्मृत मेरा समर्पण...मैं अमर्त्य त्याग कर
तुम पर विश्वास का एक स्वर्णाभ अतीत भी रखती हूँ
अविश्वास के कई तिक्त शब्दों को देकर एक वारिधर।

शेष समय जो कर रहा है प्रतीक्षा उसकी... कल्पना में
मैं नहीं हूँ अब। तुम यदि हो तो...मुझे करो शीघ्र विस्मृत
क्योंकि मिथ्या की पराकाष्ठा में, सत्य हुआ हतमना है
मैं अधिक नहीं रह पाऊँगी मौन, रचो शीघ्र मेरा इतिवृत्त।

लौह कारागार में जीवित देह की आत्मा का संताप
इन लताओं में...हिमकणों में हो रहा सघन अति सघन
कि पुनः मिथ्या के पंखों में भर जाएँगे घृणा व पाप
भूकंपन में तुम लगोगे नृत्य करने, वह्निमय होगा तपोवन।

अनावृत्त नहीं होगा मिथ्या... प्रत्न पृथ्वी में पीड़ा पर्व
यूँ ही रहेगा मुखर-अश्रुपूर्ण। छल बनकर रहेगा यह दर्व।

❖❖❖

सॉनेट–16

एक त्रिज्या हुई है अंकित तुमसे मेरी परिधि पर्यंत
कई भौगोलिक रेखाओं में जैसे सीमित व अनिश्चित
किंतु नहीं है ज्या की ज्यामिति, दृश्य में शून्य दिगंत...
होता प्रतीत। अतः समीकरण हुआ अपथ में समाधिस्त।

तुमसे न करती प्रश्न... वितृष्ण मन करता प्रतिवेदन
संपूर्ण व्यथा की एक लता... होती... अंकुरित जीर्ण द्वार से
रिक्त अंजुरी में लिए भग्न स्वप्न... दीर्घ... निदाघ सा जीवन
कई विलुप्त नक्षत्र व ग्रहाणु परित्यक्त आकाशगंगा के।

किंतु पारिजात सी रहती...बन अप्सरा स्व स्वर्ग की
पक्ष्म पर लिए नैराश्य की निशि... वक्ष में लिए शोक-गीत-
कि तुम्हारी ज्यामिति में कभी रच जाएगी एक वृत्त भी
मेरी यह शेष ईप्सा। अतः मेरी प्रथी की कथा गीतातीत।

आहा! सुनो..पीड़ा पर्व का सुंदर सुमधुर स्वरित-पद्मबंध-
अवांछित दिवस की अश्रु में कादम्बरी की कुहू मंदमंद।

❖❖❖

सॉनेट-17

तुम्हे है ज्ञात मेरे कौन से अंग में भरी कितनी है उष्णता
मेरी भूमि का कौन सा भाग है अस्पृश्र्य..कौन सा पुष्प सार
यह भी है ज्ञात कि मेरे अलंकार में है तुम्हारा अहंकार
मेरा अनुराग तुम्हारा- सामर्थ्य, मेरी पराजय है जयगाथा।

तुम्हे कभी मैं लगती अप्सरा सी अथवा कभी प्रेयसी सी
कभी हूँ तुम्हारी तृषा में अथवा कभी हूँ तुम्हारी मृगतृष्णा
मेरी सरीसृप सी रात्रि में जलती है तुम्हारी आदिम घृणा
अंततः शय्या के कुंचन में नहीं होती मेरी कृश काया भी।

मेरे अस्तित्व से सदा होता है दीप्त तुम्हारा वांछित स्वर्ग
मैं रहती प्रश्नवाचक सी एवं भ्रम में रहता है मेरा विश्वास
किंतु सदा मरु में रहता है निरुत्तर... दिगंत का अवभास
मर्यादा व माधुर्य से भिन्न आयु को प्राप्त होता अवसर्ग।

जीवित स्त्रीत्व के पीड़ा पर्व में तुमने कभी देखी है सृष्टि?
जलावर्त सा इस मन में प्रलय किंवा दृगों की तप्त वृष्टि?

❖❖❖

सॉनेट–18

हूँ प्रतीक्षारता मैं तरणी सी... तटिनी तीर
अस्तमित अदित की अपूर्ण अभीप्सा सी
चैती चुंबन में रक्तजबा सी रक्तिम अधीर
वैशाली विमुग्धा सी... हूँ कृष्णा कुहूपीनी

पद्म पुष्करिणी में लिए, प्रिय तुम प्रेमपात्र
अंजुरी में अतीत की गमक, पुष्पित, पुलक
न होता व्यतीत दिवा, स्मृति में है अहोरात्र
जब भर जाती तुम्हारे सामीप्य की महक

अकस्मात् दृगोपांत में... उल्काएँ झरती
कई उर्मियों संग ऊर्ध्व उठते भ्रमित ज्वार
में, चंद्रिका व मन...किंतु तममय मैं रहती
रुद्ध-कंठ सा रुद्ध होता है... देवालय द्वार

पीड़ा पर्व है प्रिय! तुम रचो...मेरा इतिहास
इस पर्व में न लुप्त हो जाए यह शेष प्रभास।

❖❖❖

सॉनेट–19

जब भी लिखी मैंने प्रेम की परिभाषा
तृष्णा ने किया प्रश्न...कभी अभिलाषा,
प्रतीक्षा की लताएँ होतीं... कल्लोलित
शून्य पथ पर होते रहें पुष्प अंकुरित।

कोलाहल मुक्त हृदय हो जाता संन्यास
तपोवन सा होता प्रतीत यह जीर्ण निवास
विषज्वाला में प्रपीड़ित...अनेक दिवस
रात्रि के आलिंगन में भरते...प्रणयरस।

जब भी लिखी मैंने प्रेम की कोई कहानी
प्रश्न किया मृण्मयी नायिका अभिमानी
प्रेम है प्राचीन.. है अस्पृश्य चंदन वन
क्यों त्याग दिया मुझे...कर स्वप्न दहन?

पीड़ा पर्व की समस्त ऋतु होतीं श्रावण
किंतु यह क्षिति रहती सिक्त प्रतिक्षण।

❖❖❖

सॉनेट–20

जब अंत होता है किसी तरुण तरु का
यह मन भी होता असहाय कर विलाप
चलता रहता शरीर बन पथिक मरु का
होता प्रतीत कि प्रकृति ने दिया है श्राप।

प्रेम पर्व के उपरांत यह कैसा पीड़ा पर्व
जितनी थी उल्लसित उतनी ही व्यथित
मैं बनती अप्सरा सी, दुःख होता गंधर्व
अपूर्व आश्लेष में दोनों होते रागरंजित।

न आता संदेश उदीची से अभी न मेघ
न कोई प्रश्न करता, न रखता उपबंध
न उड़ आता कोई पक्षी अब भर आवेग
न पवन में होते संवाद... न होती सुगंध।

मन कूप में अंकुरित प्रतीक्षा की लतिका
इस पीड़ा पर्व की जलती अंतिम वर्तिका

❖❖❖

मृत्यु कलिका

सॉनेट–1

अभिव्यक्ति नहीं होती शेष कभी अनंतता में
रहें अज्ञात सभी इस पीड़ा की प्रवलता में
शून्य द्वीप की कदाचित् अतिथि मैं भी बनूँगी
इस झंझानिल में एक शुष्क पर्ण सी मैं भी बहूँगी।

कितनी प्रतीक्षा, आत्मा की भिक्षा... अपूर्ण ईप्सा
सहस्र युगों की मुक्ति में अलिखित अभीप्सा
अंततः क्यों नहीं आती तुम ऐ अंतिम श्रावणी !
नीर से अंबर हो रही प्रथित... आहा! व्यथा पर्वणी।

अभिशाप की रेखाएँ धमनियों से लिए तप्त रक्त...
सजीव हो रहीं है... आ रहा है समीप एकाकी–नक्त
मंद कंपन में स्पर्श की अनुभूति... अनुभूति में स्मृति...
तुम स्तीर्ण हो जाती हो..स्मृति में बन मौन आकृति।

ऐ! मृत्यु कलिका, मेरे लवणत्व में भरो मदिर मधुरता
उष्ण भस्म में भरो चंपई समीरण की तीर्ण शीतलता।

❖❖❖

सॉनेट-2

उत्सव मृत्यु का है... उत्साह है देह-दाह का
रम्य लगता है यह क्षण है चतुर्दिक सुगंधित...
घृत में काष्ठ... काष्ठ में अग्नि... अग्नि में काया
है शून्यमंडल अद्य वाष्पित-व्यथा से पूर्ण पूरित।

अंशशः मृदा में... मृदा के तत्व में होकर लीन...
होंगी निश्चिंत ये समग्र क्लांति भ्रान्ति व अनंती
जैसे मदमयी अप्सरा सी प्रणय क्रीड़ा में तल्लीन
जैसे सिंधु गर्भ में होती समर्पित अतृप्त स्रोतवती।

हा! मृत्यु गीत में शाश्वत लालित्य... है आत्मलोप
अंतरिक्षीय मौनता में अद्‌य लुप्त हो चला वर्तमान
हृद में न प्रश्न कोई हा! हा! न प्रतिवाद न प्रत्यारोप
केवल सौम्य... शीकर सा... शीतल अनंत प्रतिभान।

मेरी मृत्यु कलिका अद्य हुई नवयौवना दामिनी...
महायात्रा के महापर्व में नृत्यरता कमनीय कामिनी।

❖❖❖

सॉनेट-3

यह तुम्हारी ही पदचाप है... हाँ तुम्हारी
ऊदबत्ती से तुम्हारी सुगंध है मुझे आती
घनधूम्र में एक आकार सा होता बिंबित
पूर्ण हर्ष से आत्मा को करता आमंत्रित।

राजमार्ग पर रंगीन पुष्पों की यह परत
इंद्रधनुषी-तोरण पर प्रतीक्षित अनुमत-
ज्ञात है मुझे...यह तुम्हारा ही है संदेश...
मैं त्याग आऊँ यथा शीघ्र ही देहावशेष।

अभिसिंचित हो रहें काष्ठ श्लोक मंत्र से
स्थिर हो रहें अस्थि शोण स्नायु तन के
मन स्थिर हो रहा तुम्हारा स्पर्श पा कर
पंचभूत में पंचाग्नि में है तप-रत अध्वर।

ऐ! मृत्यु कलिका, अंतिम स्वर वाहिका
शीतल आलिंगन में होती द्रवित तंत्रिका।

❖❖❖

सॉनेट–4

मैं अर्ध रात्रि की मौनता में रुदन करती हूँ
ऊषा की कोमल किरणों में अश्रु भरती हूँ
सिराओं को दैहिक उत्ताप से कर वाष्पित
विस्मृत करती हूँ अनेक शब्द अपरिचित।

सरिसृप सा जीवन चलता रहा मंदर पर्यंत
रौद्र में जर्जर... श्रावण में बहा नीर अत्यंत
अस्त होता रहा नित्य परिवाद में वह स्वप्न
जो दृगंबु में झर गया शेष था प्रथित प्रश्न।

निरुत्तर समाधि के पुष्प भी युगों से नीरव
कौन कहेगा कथा इनकी... क्या था जनरव...
मैं भी मौन हो जाऊँगी... मौन होगा विषाद...
कल न होगा ऐ, मृत्यु कलिका! यह दुर्वाद।

आ, लेकर आ! मृत्यु कलिका संध्या प्रदीप
तू भी रहेगी शृंगार में मैं भी रहूँगी समीप।...

❖❖❖

सॉनेट–5

नीहार से निहारिका पर्यंत केवल तुम्हारी प्रतिछाया है
सर्वांग कंपित हो रहा जैसे किसी ने दिया हो स्पर्श
अस्तमित अबाध्य चंद्र रेखाएँ गढ़ रहीं हैं अवमर्श
पृथ्वी पर नूतन दिवस की कल्पित स्वर्णिम काया है।

प्रीति धारा प्रहेलिका सी हो रही अदृश्य क्षितिज में
स्नायुओं में ध्वनित हो रहा ओजपूर्ण अंतिम ओंकार
दौर्य रहा न सान्निध्य केवल रह गया है भस्म सार...
सुगंध अमृत की हो रही द्रवित शरीर सरसिज में।

पक्ष कर स्तीर्ण प्राण पक्षी सहर्ष कर रहा अंतिम नृत्य
झंकृत हो रहीं वीणाएँ देखो नादित हो रहा मृदंग!
चंदन-चंदन महक रहा... घृत में करे स्नान अंग-अंग
यात्रा का संदेश दे आया क्षणभर में यह मुदित मर्त्य।

आओ! शिरा-शाखाओं में ऐ, कोमल मृत्यु कलिका
स्थिर नीर, स्थाणु हुई व्यथा में सुसज्जित है शिविका।

❖❖❖

सॉनेट–6

मैं तो यह कहती हूँ, तुम शीघ्र आ ही जाओ,
मेरे शरीर को कर तरल तुम श्वास पी जाओ
है ज्ञात - ऋतु परिवर्तन नहीं होगा कभी–
भस्म भी होंगे वृक्ष-लताएँ अहांग्नि में अभी।

मैं तो कहती हूँ शीघ्र ही दे दो मुझे शुष्कता,
तुम एकबार करो स्पर्श, लुप्त हो आर्द्रता,
अस्थियों में न हो संघर्ष मांस हो जाए मृण,
अंत हो रक्त की रति हो जाऊँ मैं श्वेत तृण।,

क्यों करूँ प्रतीक्षा अकारण! ऐ मृत्यु कलिका,
क्या मोक्ष नहीं प्राप्य मेरा? ऐ शेष यवनिका,
मर्त्य-अमर्त्य हो अर्थहीन, मेरी प्रिय, सखी!
न अश्रु हो... न पीड़ा, मुक्त हो सहर्ष प्राण पंखी।

पार्थिव इच्छाओं की दे रही अब श्रद्धांजलि
ऐ मृत्यु कलिका! स्वीकारो मेरी कथा अवलि।

❖❖❖

सॉनेट–7

आज क्यों समय है गतिहीन स्थिर व पक्षविहीन...?
शिराओं में नहीं आर्द्रता शोण स्रोत है आत्मलीन...?
क्यों आज समय से दूर आकाश भी है स्थिर निश्चल,
गंधहीन है पुष्प... पवन में भी है मौन-वार्ता-अतल।

विस्तीर्ण अपवादों में एक उपन्यास भी लुप्त हो रहा
एक कविता स्वरहीन हो रही, अद्य अभिधान रो रहा
है शुभ मुहूर्त...कि ग्रहाणु हो रहें देखो! पुनः एकत्रित
जैसे प्रलय को संपूर्ण सृष्टि अद्य कर रही आमंत्रित।

जीवन सद्यजात नदी है... मृत्यु ही है उत्पत्ति की धारा
कर विस्मृत छल-मिथ्या, मैने भी अंतिम श्वास संवारा
अमृत काल है समक्ष... क्षुब्ध चित्त भी हो रहा चिन्मय
ऐ मृत्यु कलिका! हाँ, देखो मैं संगम में कैसे हूँ तन्मय!

स्मृति में तुम्हारी हो रही हूँ मूर्छित...ऐ शुभ्रा तारिका।
तम से ज्योतिर्मय हो रही... यह पार्थिव देह पंचालिका।

❖❖❖

सॉनेट–8

तमस का एक घन आवरण हो रहा सधीर अदृश्य
किंतु हिम सा होगा प्रकाश एक विरति के पश्चात्...
मधुक्षरा से होगा क्षरित उष्ण झर चलेगा अतिवात...
किंतु अंत में हिम सा शरीर नहीं रहेगा अस्पृश्य।

त्याग कर अट्टालिका अहं की... मैं नायिका भू-शय्या पर
वर्तमान का आभूषण उतार दूँगी तुमसे सप्रेम... मिलूँगी
न अश्रु होगा न विवाद... घृणा से मुक्त मैं तुमसे कहूँगी
ऐ, मृत्यु कलिका! मेरे प्राण पर्ण को शीघ्र ही शुष्क कर।

संध्या व्यतीत होगी रक्तपुष्प-पूर्ण वृक्ष की शाखाओं में
आत्मा करेगी प्रतीक्षा उत्सव मुखर होगा श्मशान...
चिताग्नि की शिखा में जलती व्यथा होगी अम्लान
ऐ, मृत्यु कलिका। सौंदर्य होगा लक्षित तेरी उपमाओं में।

भोग कर वियोग जीवन से चंदन सा तेरा आलिंगन...
एकमात्र इच्छा ऐ, मृत्यु कलिका! कर रुद्ध यह स्पदंन।

❖❖❖

सॉनेट–9

इस संघर्ष की समाप्ति है तू, मैं केवल अवशेष हूँ,
अंत में मेरी प्राप्ति तू ही, है मैं केवल निर्निमेष हूँ,
अंगीकार हूँ तू निर्णीत है मेरी समस्त क्रियाओं में,
स्वीकार है मुझे ते, इस महायात्रा की प्रक्रियाओं में।

अंत:सलिला तू निर्धारित है सहस्र युगों के प्रारंभ से,
मैं देह निमित्त मात्र तेरी सारी इच्छाओं के आरंभ से,
श्रेष्ठ रही तू अंतिम कण पर्यंत, इस महावलय का,
मैं तुच्छ निस्सीम तिमिर हूँ, अनिश्चित महाप्रलय का।

पंचभूत की नायिका मैं, तू है मोक्ष मार्ग की सारथी
भाग्यचक्र का भग्न अक्ष मैं, हूँ माया जड़ित स्वार्थी,
है नक्षत्रपुंज की ज्योति राशि, है तू स्वर्गीय अल्पना,
मैं निशीथ का रुदन हूँ, वीभत्स काल की कल्पना।

हे, मृत्यु कलिका! हो पल्लवित, मनोरम व सुरभित
कर शुभ्रा मुझे, मैं अनंत काल से हूँ क्लांत व व्यथित।

❖❖❖

सॉनेट-10

प्रात: विभास में तुम्हारा मुखमंडल; दिवस भर की प्रतीक्षा
शून्य शिविर में ढहते आश्वासन व निर्विषयी मन का तीर
बढ़ता क्षण क्षण में हृदय-कोटर का स्वर असह्य अधीर-
स्थूल शरीर में गरजती यामिनी। निद्रा में जाती एक अन्वीक्षा...

होती वही अन्वीक्षा, कालरात्र में... कालकोष्ठ में युगों से मुक्ति की
तुम एक विद्युत् सी चमकती हो जाती अदृश्य कोलाहल में...
शुष्क शाखाओं में, तुहिन कणों में, रहती हो विलीन कोंपल में,
तुम रुद्ध करती छल का द्वार मैं सुनती ध्वनि अभियुक्ति की।,

शतदल से शोभित... समस्त सरोवर हैं स्वर्गपथ ज्योतित
भ्रम इस मिथ्या जगत का है हो रहा आकाश में चूर्ण-विचूर्ण
स्वल्प समय का यह उपन्यास दे रहा उपसंहार भी पूर्ण
आओ इस अतृप्त आत्मकल्प को करो स्पर्श... शीघ्र करो-मुदित।

हो पुष्पित तुम, ऐ मृत्यु कलिका! क्योंकि हूँ मैं अनंत अभिशप्ता
क्या अमर्त्य-अमृत में होगी विलुप्त, मेरी शेष कथा-परितप्ता?

❖❖❖

सॉनेट-11

तुम्हारी प्रतीक्षा में समस्त विवक्षाएँ त्यागकर श्वास
तुम्हारे स्वागत में सुशोभित किया निर्जीव शरीर
यात्रापथ भी सुमनित होगा शून्य होगा स्व कुटीर,
प्रबल वेग में पवन, उड़ा ले जाएगा शेष कपास।

तुम्हारी प्रतीक्षा में, क्यों मूक सी रहूँ मैं भू-लग्ना?
तुम नर्तकी सी मोहित कर मेरी समस्त भाव भंगिमा
करो अचल-स्थिर-वेगहीन- ऐ! मेरी सौंदर्य प्रतिमा
मेरी कोठरी की कृष्णछाया रहेगी अब स्मृतिमग्ना।

न करो अविश्वास मेरा; मैं अब यात्रा हेतु हूँ प्रस्तुत
हाँ देखो! मंदराचल पर है अद्भुत प्रकाश की छवि
निश्चिह्न हो जाएगा एक काव्य- मेघ; एक प्रिय कवि
तुम्हारी प्रतीक्षा में प्रकृतिमयी धरा... भी है परिप्लुत।

ऐ प्रस्फुटित ईशान्य की मल्लिका....मेरी मृत्यु कलिका!
तुम्हारी सुगंध से सुगंधित हो रही मेरी तनु तंत्रिका ।।

❖❖❖

सॉनेट-12

ऐ, कृष्ण कदम्ब! ऐ, सघन शिशिर! ऐ विषय-विष
जन्म मेरा तुम्हे स्पर्श नहीं करता... स्रोत मेरा मंद
हृदय वैराग्य की दिशा में... निर्जन नभ का जहाँ बंध
होता अवतरण मध्यरात्र का... जागता जाता किल्विष।

मर्त्य की मर्यादा... अमर्त्य का सान्निध्य... है प्रश्नवाची
द्वितीय-अद्वितीय के द्वन्द्व में जीवन असंभव सा-
प्रथम क्रम में किसका नाम... शेष नाम आत्मीय का
हाँ... मृत्यु कलिका! ईर्ष्या- तम से तममय है प्राची।

स्मृति में सलिला श्वास में सलिल, देह में अनंत ताप
तथापि चतुर्थ प्रहर में अपरिचित सा स्वस्वप्न लगे
शुष्क शाखा वृक्ष त्याग जैसे मृण का अस्वीकार करे
मन्त्रमुग्ध हो शरीर सुन लेता तुम्हारी मृदु पदचाप।

इस तिथि में बुझ जाए विदग्ध विकार की वेदिका
ऐ, आषाढ़ीय आर्द्रता! करो आबद्ध ऐ, मृत्यु कलिका।

❖❖❖

सॉनेट-13

सुदीर्घ पथ पर गतिशील स्वर्गरथ... सारथी है आत्मा
जीवंत जग की छवि में श्वेत-कृष्ण रंग की पंचात्मा
'मैं' में विदित..'मैं' से क्षुभित..है स्थिर 'मैं' की परिधि
'मैं' के भ्रम में निरय...निरय की सीमा में अंत विधि।

हाँ! मृत्यु विधि! वस्तुओं से पृथक वायवीय आकार
अपरिचित स्वजन... अज्ञात ईर्ष्या... अपरिगत संसार
दीर्घ व्यवधान में... सूक्ष्म देह से प्रकृति में होना दग्धित...
कहो! इस महार्घ मुहूर्त में क्या नहीं होती तृप्ति मिश्रित!

मैं आकाशगंगा में करती विचरण, हाँ! दैव्य प्रभा,
मुक्ति पथ पर कर नैसर्गिक काव्यपाठ करूँ इति-सभा
युद्ध था जीवन... युद्ध में योद्धा था मनः हुई विजय
इस विजय ध्वनि से गुंजित हो रहा शव से शिवालय।

मैं तृप्त हूँ मृत्यु कलिका! मिथ्या के कंकाल से
हो रही मुक्त, चक्षु विवर के गुप्त विक्षिप्त ज्वाल से।

❖❖❖

सॉनेट-14

प्रातर का पक्षी पीड़ा से अज्ञात
दिवालोक में रचेगा नव्य प्रभात
है नहीं संभव दिगंत करना स्पर्श
किंतु नभ से रहेगा सदा अतिमर्श।

प्रस्फुटित वेदना में व्यथित नायक
पूर्ण करेगा जीवन का शेष नाटक
जब मंच पर शरीर शिथिल होगा
शोक सरिता में जल उर्मिल होगा।

पथिक का समय हुआ है समीप
शून्य होगा उसका एकांत द्वीप
घृत में देह की सुगंध होगी द्रवित
अग्निस्नान से आत्मा होगी हर्षित।

ऐ, मृत्यु कलिका! तुममें पाप-पुण्य
होंगे सम्मिलित, मुक्त होगा यह घृण्य।

❖❖❖

सॉनेट–15

आ! रख दे मृदु स्वप्न निद्रा नगर में... कि हो कोलाहल
एकाकी निशाभर तीर्ण करती रहूँ मैं मेरे दृगंचल
कि अरुषी में भी कलरव लगे स्वर्गीय गीत सा
अमृत प्रहर लगे वर्ष से भी अधिक प्रपीत सा।

मन भवन में उत्सवमुखर हो शताब्दी का अध्याय
कि बलभी पर ओढ़ आए मुग्ध-ज्योत्स्ना का परिधाय
वन-वाटिका जाग उठे... रात्रि की यात्री रहे मुदित
कलापिनी की कविता में कादम्बिनी रहे... कल्पित।

पर्वतों से कोई दे जाए भूरे रंग से लिखा प्रेम पत्र
दामिनी सा आँचल में भर जाएँ असंख्य नक्षत्र
मंत्र ध्वनि से गुंजित दिग-दिगंत, विस्मृत करे श्राप
कि मुक्ति पथ की यह यामिनी न दे जाए अभिताप।

आ! नियति की प्रतिमा, अभिप्राय की वल्लिका
गाऊँ आसावरी, तू मगन हो जाना मेरी मृत्यु कलिका।

❖❖❖

सॉनेट–16

मैं असंख्य नक्षत्रों में से एक उपक्षय हूँ
इस प्रवाहमय सृष्टि में एक भग्न हृदय हूँ
तू यदि सहस्र चुंबन है मैं हूँ सायं काल
ऐ! मृत्यु कलिका, कैसा था यह इंद्रजाल?

एकाकी यात्री मैं उद्विग्न मन का स्वन,
तू प्रेम गीत की मूर्छना, स्निग्ध स्वप्न-वन
सागर की तरंगों में, मैं घन-पीड़ा उर्मिल
त्रस्त क्षिति मैं तू प्रलय पूर्व का पूर्वानिल,

मैं मृदा की गमक, हूँ मैं भस्म की सुगंध,
तू पवित्र अग्नि कणिका तू शेष अनुबंध,
सबकुछ है महा... महायात्रा... महा उत्सव
महापथ पर चल रहा महाकवि का शव।

ऐ! धूलिका, सिंदूरी अपराह्न की अरुणाई
आ! मृत्यु कलिका, दे जा पुनः तरुणाई।

❖❖❖

सॉनेट–17

यह अवसान किसी का दिया...हुआ अभिशाप तो नहीं?
यह पतन किसी युग के निराश्रित विचारों का ताप तो नहीं?
विकराल दृश्य में उत्पीड़न..क्रंदन का गुंजन..तीव्र रक्त स्रोत
कहीं यह घोषणा त्रस्त प्रकृति की तो नहीं? कहो खद्योत!

मौन प्राक इतिहास में गुप्त अभीप्सा का विलाप अंतिम
मूक पुष्पों की ध्वस्त देह... किंवा ये नग्न मूर्तियाँ–रक्तिम
कहो प्रिय... इतनी अशांत प्रथी के परिपथ पर क्यों है अश्रुसर?
कहो प्रिय...निर्जन निशा का उल्लाप भी क्यों है निरुत्तर?

मृत्यु कलिका!...तुम्हे मैंने दिया है आत्मलीन आमंत्रण
अमूर्त मुहूर्त में शंख ध्वनि सहित करने तुम्हारा वरण...
ना! न करो स्पर्श प्रबल प्रवाह में बहता असहाय भय को
ना! न करो स्पर्श तीर्ण शय्या पर शायित नव्य कुवलय को।

उन्मादित समय का शेष भाग, है आध्यात्म का भग्नावशेष
होगा कभी समाप्त ग्रीष्म में, यस वृत्त... इस क्षिति का त्वेष।

❖❖❖

सॉनेट–18

आसक्ति की एक शाखा पर मन पक्षी, अन्येक शाखा रिक्त
समय की यात्रा में प्रेम है अपूर्ण... अनुभूतियाँ हैं सिक्त
तपस्विनी की अस्थियों में है सहस्र शताब्दी का अतिष्ठ ध्वनन
उस ध्वनि के कम्पन से श्रृंग-सरिताओं में व्यथा होती गहन।

अमिय वृष्टि की प्रतीक्षा में कई वह्निस्नात उन्माद हो गए मौन
अब कहो, हे मृत्यु कलिका! शून्य ईरा में उल्लास भरेगा कौन?
एककिनी तुम भी मैं भी... नद वहिष्कृत दिशाहीन तरणी सी
जैसे उमस में कुम्हलाया तृषित वैशाख की उत्तप्त धरणी सी।

अंतिम प्रहर की आल्हादिनी प्रेयसी सी तुम...नीरव...निश्चल
कभी पक्ष्म पर रहती...अप्सरा सी तुम अपूर्व मुद्राओं में चंचल
आज अमावस्या तो नहीं...किंतु गहन तमस की यह मधुरता
मुझे करती अंकबद्ध...मेरी रक्तकणिकाओं में भरती शुष्कता।

ऐ! मृत्यु कलिका, क्या तुम मुझे कोई यक्षप्रश्न तो नहीं करोगी?
इस महार्घ मुहूर्त में पूर्व पीड़ाओं का इतिहास क्या पुनः रचोगी?

❖❖❖

सॉनेट–19

इस आकांक्षित क्षण की प्रतीक्षा में मैंने की कई प्रार्थना
समस्त प्रार्थना में थी इस ग्रह से पूर्ण मुक्ति की कामना
सप्त सिंधु... अजस्र ज्वार...नदी गर्भ की व्यथा सब कुछ
हृदय में करते थे कोलाहल..हस्त रेखाएँ लगतीं थी तुच्छ।

यह विद्रोह था अनंत से उदित क्षुद्र एक रश्मि कणिका में
व्यर्थ मोह में..लवणाक्त अश्रु से अदृश्य होती वर्णिका में
किंतु, ऐ! प्रिय क्षण मेरे, अब नहीं है कोई गात पर आघात
तुम्हारी समीपता ने..बनाया है मेरे अस्तित्व को पारिजात।

अस्तमित अपराह्न ने सांध्य कृष्णिमा को किया है सुरभित
मेरी शय्या में लुप्त क्षताक्त स्मृतियों को किया हैं कुसुमित
यह जो तुम्हारा स्पर्श है... ऐ! मेरी आद्य सखी, है प्रवाल सा
प्रकृति जीवित हो रही मुझमें... यह अंत लगता पर्वकाल सा।

स्वर्गीय मन्दाकिनी बह रही..अधरों पर समय का शेष चुंबन
ऐ, मेरी मृत्यु कलिका! इन स्नायुओं को दे दो मृदु आलिंगन।

❖❖❖

सॉनेट–20

तुम्हारा पथ है उन्मुक्त पर्वतों में, लहराता पवन सा
तुम्हारी सुगंध में द्रवित हो रहा, शेष लक्ष्य मन का
तुम्हारी प्रतीक्षा में कब से, न जाने स्मृति हुई अदृश्य
अब केवल तुम हो हृदय में...अन्य सब कुछ अस्पृश्य।

धमनियों में बह रही महानदी, श्वास है हिम सा शीतल
अतीत हो रहा उपन्यास मेरा, कविताएँ हो रहीं तरल
मधुर ध्वनि है कर्णपट पर, देह में है अमर्त्य का झंकार
झर–झर निर्झर... छम–छम जलधर... नयनों में अश्रुधार।

कुंज निकुंज में कूजती कलापिनी...तुम आ रही हो न?
देखो, परिजनों के नीर लिए संग मेरे तुम जा रही हो न?
नहीं! नहीं! न करो विलंब, शेष हुआ आत्मा का महारास
पंचतत्व में हो रहा समाहित हल्दी–चंदन–घृत का सुवास।

महारात्रि यह...मेदिनी पर महासंगम का महार्घ परिवर्त
ऐ मृत्यु कलिका! हो पल्लवित! मुक्त हो जाए यह आनर्त।

❖❖❖

सॉनेट–21

मुक्त हो जाओ तुम... इस संधि से...इस स्थल भाग से
मुक्त कर दो समस्त पाप को, समग्र भौतिक ताप को
मुक्त हो जाएगी आत्मा... देह से; इस वृत्त विभाग से
मुक्त कर देगा जगत तुम्हारे उच्च अस्थिर विलाप को।

एकबार मुक्त करके देखो...प्रत्न प्रश्न...आदिम अहंकार
मुक्त हो जाएँगे आत्म विकार सहित ललाट के कुंचन
श्यामल रात्रि में मुक्त करो इस अभिमान के अश्रुज्वार
मुक्त हो जाएगा हृदय मंथन...व साथ मिथ्या आलंबन।

मुक्त कर देना जीवन से... मान–अपमान–स्वाभिमान
क्रांति–क्लांति–विश्रांति में, उभरता समस्त क्षोभ–क्रोध
तुम मुक्त हो जाओगी; मुक्त हो जाएगी कथा अम्लान
अंतिम दिवस में अवश्य मार्ग से होगा अदृश्य अपरोध।

मृत्यु! द्वि–पार्श्व में शुक्ल नक्षत्र..द्वि–दिशा में मुक्ति–पथ
एक मेरी महायात्रा है... अन्येक मेरी आत्मा का गमथ।

❖❖❖

सॉनेट–22

इस पथ की दीर्घ यात्रा में है समाहित मेरी समस्त आत्मिक इच्छाएँ
एवं... समाज की तिमिराच्छन परम्परा में... श्वासरुद्ध मौन नैतिकता
अजंता की अर्धनग्न वा उलग्न कायाओं में विचरती उष्ण स्निग्धता
समग्र पृथ्वी की व्यथा में निमग्न प्रत्येक सौंदर्य की विदीर्ण उपकथाएँ।

इस पथ की दीर्घ यात्रा में है समाहित फागुन का क्रंदन एवं उद्वेलन
भय का भित्तिप्रस्थ...भुगर्भ की वेदना... द्रौपदी के भग्न स्वप्नों का पार्थ
प्रणय एवं निरय में दग्ध वासना सिक्त हृदय उभय...नक्षत्रों का स्वार्थ
हाँ... सम्मिलित हैं प्रत्न प्रश्नों का उद्गीर्ण... मानवीय मूल्यों का पतन।

कौन कहता है...विलयन के उपरांत नहीं आता नवजीवन का संवत्सर
नहीं होता सूर्यास्त... सर्वोच्च स्तूप के अंतराल में...एक दिवस सहित
सहस्र क्षतों के रक्त क्षरण में एक एक शताब्दी होती है व्यतीत–त्वरित
ब्रह्माण्ड लिए मुखगर्भ में क्यों नहीं होते अवतरित, हे प्रिय, वसुधाधर?

इस पथ की दीर्घ यात्रा में...महाकाव्य भी है..है महाभिसार का इतिवृत्त
मृत्यु कलिका! प्रणय–पुष्पों के पराग से महासंगम–गीत हुआ अलंकृत।

❖❖❖

सॉनेट–23

इस प्रकार हुए...कई ग्रह–उपग्रह विलुप्त
अणुओं में रक्तकण हुए...तप्त–गतिशील
निष्कलंक आत्मा शून्य गर्त में रही सुप्त
हमारे क्षितिज का आकाश हुआ...नील।

अर्ध रात्रि का अपूर्ण स्वप्न... हुआ क्षताक्त
प्रतिज्ञा...प्रतिवाद...प्रतिरोध...न कहीं नहीं
अरुणित अरुषी के श्वास में सब..रक्ताक्त
नीरव स्वप्न का अंश स्यात्...नहीं था कहीं।

कैसी ज्यामिति है! क्षुद्र इस पृथी का व्यास
तुम सदा रहती हो समीप किंतु अनिश्चित
तुममें रहता है मेरी चेतना का... प्रतिवास
तुम होती हो तृष्ण...कर स्वयं को शब्दित।

ऐ मृत्यु कलिका! अनादित्व है यह कल्पना
कल्पना में तुम रहोगी बन अनिंद्य अल्पना।

❖❖❖

सॉनेट–24

तुम वृहद... विस्तृत, मैं क्षुद्र सीमित... तुम युग प्रवाहित
मैं जन्म-जन्म से अंतहीन यंत्रणा की कथा अलिखित
तुम प्रातः प्रार्थना की निरंजनी...अस्तमित चंद्र-प्रभास
कर्पूर की सुगंध सी तुम में समाहित...जैसे अधर-हास।

धरा से अध्वर स्तीर्ण...तुम क्षण-क्षण में दीप्त तड़िग सी
करती जब अवतरण तुम देह होती समिधा महायज्ञ की
तुम ही अंतिम निर्णय...ऐ मंदाकिनी! तुम अंतिम रागिनी
मैं तो हूँ दुःस्वप्न मात्र...तुम हो मेरी प्रतीक्षित शेष यामिनी।

विचुंबित अभीप्सा मेरी करती तुम्हारा अविरल अन्वेषण
अर्चनाएँ मेरी रहती तटिनी तट पर बन तपस्वी का तर्पण
न करूँ मैं जीवन की समीक्षाएँ अब... न है कोई उपालंभ
एक ही है अभिलाषा...महानिद्रा में हो आत्मा का परिरंभ।

यौवन की मध्यरात्रि! ऐ नक्षत्रों की किरण! ऐ मृत्युकलिका
अद्य तुम करो सृजित प्राक इतिहास की..स्वर्णिम भूमिका।

❖❖❖

सॉनेट–25

ऐ, भस्म में सम्मिलित श्मशान की...कथात्रिवेणी!
इस जीवन का पूर्वाह्न हुआ सुसज्जित.. देखो ना!
स्मिता है मौन अधरों पर..तुममें है द्रवित हो जाना
रक्तजबा से है आभूषित..ऐ सद्यारुणित पर्वतश्रेणी!

यह है मेरा महा विसर्जन का अमृत क्षण, मैं हूँ मुदित
हुए प्रस्फुटित मेरे उद्यान में अद्य कई रक्तिम शतदल
अकस्मात आई श्रावणी, कि सिक्त हुआ..केश कुंतल
तुम्हारे महाकर्षण से अद्य यह हंसदेह..हुई आकर्षित।

महामार्ग पर अश्रुपुष्प कर वर्षा क्षिति दे रही अनुमति
कि पीड़ा-दग्ध यह अवयव स्नायुओं से हो रहा भिन्न
रौप्य जल से कर स्नान, हो रहा अदृश्य यह कायाचिह्न
कर रही प्रतीक्षा चिताग्नि...काष्ठ घृत चंदन की निरति।

हल्दी से मंथित.. ईंगुर से शोभित, ऐ, मेरी देह-द्वारिका!
देखो, हुई अंकुरित इस शेष मुहूर्त में मेरी मृत्यु कलिका।

❖❖❖

सॉनेट–26

इस परिधि से पृथक प्राक पृथ्वी है नहीं
इस मयमंत समय का क्या अंत है कहीं?
नहीं... नहीं अब नवजीवन नहीं स्वीकार
अति असह्य..अरण्यवास का अभिहार।

भविष्य की भीति भस्म में बद्ध वर्तमान
प्रत्यय एवं प्रणय में पराभूत...प्रतिमान
क्षणिक में क्यों नहीं क्षय होती क्षणदा?
जैसे प्रेम में प्रतिहत प्रत्यूष की प्रमदा!

नहीं स्वीकार नव्य नैराश्य से निविड़ता
अद्य अति असह्य है अतिशय अधीनता
उन्मुक्त-अध्वर-उन्मुक्त-अदिति उन्मुक्त
हो, शीघ्र यह शरीर सरित हो पुनः शुक्त।

ऐ मृत्यु कलिका ! कहाँ है वह चित्रावली
हंसदेह को अविस्मृत करती पत्रावली?

❖❖❖

सॉनेट–27

नहीं करती शोक अभिव्यक्त कभी
रहते मौन मन के जितने क्षत सभी
देता है आमत्रंण यह अंतिम समय
आओ! शीघ्र करो देह का विलय।

नभ है निर्मेघ...आज पथ है प्रथित
शिशिर शीकर से विग्रह है प्लावित
क्रंदन नहीं ये... हैं मोहमुक्त श्लोक
ऐ मधुक्षरा! त्याग रही हूँ... भूलोक।

त्याग रही... यंत्रणाओं का कारागृह
स्वर्णिम मृग से आत्मा हुई निस्पृह
छाई है मंदिमा अब मेरी काया पर
एकत्रित हो रहें अश्रुजल लिए कर।

ऐ मृत्यु कलिका! शेष है इच्छा एक
ऋणमुक्त कर मुझे, दे पुष्प अनेक।

❖❖❖

सॉनेट–28

तेरे आवरण पर शांत शीतल मृदुल भाव
मुक्त पाश मधुर सघनता है तरल बहाव
देह अविचलित, मोहमुक्त नियंत्रित श्वास
आह! यह कितना सुंदर अद्‌भुत उजास।

करती एकत्रित विविक्षाएँ शिथिल काया
न है स्मृति.. स्मृति में विरति.. न है माया
तृप्ति की एक मृत्यु कलिका खिल जाती
कर्णपट पर मृदु ध्वनि रह रहकर लहराती

वंशी से शरीर सरिता तट हो रहा स्वरित
इस तटपर त्याग संध्या गीत होगा त्वरित
उस तट की तरणी लिए तोरण, प्रतीक्षा में
कह रही आ जाओ! एक शुभ अन्वीक्षा में

हा:! पूर्वाद्रि की पुरवाई में है अग्नि–सुरभि
हो ध्वनित मंगल तूर्य...आ रहा नव्य रवि।

❖❖❖

सॉनेट–29

हाँ! मैं अनभिज्ञ हूँ किंतु तेरे समीप हूँ
तुझसे नहीं कोई अपेक्षा न परिवाद
एक अपरिचित अनामक अंतरीप हूँ
किंतु नहीं तिल मात्र अहं का अनुनाद।

रिक्त होता गया यह मन संग तन भी
पीड़ाओं की उमस से श्वास हुआ रुद्ध
निःशब्द वेदना में क्षीण हुआ स्वन भी
किंतु नहीं हुआ यह जीवन तुझसे क्रुद्ध।

आमंत्रण है तुझे, हे मृत्यु! मेरे द्वार पर
आओ मेरे वस्त्र पर देकर शाश्वत स्पर्श
मुझे सुरमार्ग पर ले जाओ, ऐ तरुवर!
दे जाओ!..इस एकाकी को अवमर्श।

मेरे निर्जन कुंज की ऐ मृत्यु कलिका!
तुम्हारा स्वागत है, हे! शेष यवनिका।

❖❖❖

सॉनेट–30

इस क्षण को देख जाओ अंतिम बार... कि पुष्प की सुगंध है
हो जाएगा अदृश्य अकस्मात... कि समय का यह अनुबंध है
'मैं' से 'मैं' हो जाएगा पृथक... न होगा पृथ्वी के परिपथ पर
वस्त्र होगा अवयव शून्य...श्वास होगा स्थिर...शांत होगा अधर

एक मौनता की ऋतु मेरे अस्तित्व से जब...स्तीर्ण हो जाएगी
तुम व यह प्रथी मेरा अन्वेषण न कर पाएँगे...न ध्वनि आएगी
महासागर की लहरों में...मेरी कहानी होगी मिश्रित... मेघों में
रह जाऊँगी झरते पर्णों के हल्दी रंग में...द्रवित सूक्ष्म कणों में

तब एक शुष्क शाखा पर होगी प्रस्फुटित मेरे नाम की कलिका
हाँ... मेरी मृत्यु कलिका...मेरी आत्मकथा की मूक आख्यायिका
संपूर्णतः हो जाएँगे भिन्न जागतिक परंपरा से मेरे समस्त स्वप्न
निद्रामग्न नेत्रों के अंधकार में लुप्त हो जाएँगे सभी अनुक्त प्रश्न।

मैं पूछूँगी... ऐ मृत्यु कलिका! तुम्हारे पराग में क्या मैं हूँ कहीं?
उत्तर में मिलेगा मुझे एक स्पर्श..हाँ तुम हो मेरे आश्लेष में यहीं।

❖❖❖

www.ingramcontent.com/pod-product-compliance
Lightning Source LLC
LaVergne TN
LVHW100556051026
849519LV00003B/978